# 在光的诞生之地

田暖 ○ 著

山东文艺出版社

# 目　录

## 辑一　在光的诞生之地

安慰之诗　…………　2
儒　地　…………　4
在光的诞生之地　…………　6
梦的启蒙　…………　8
请美，请统领着那些美　…………　9
镜　像　…………　11
与神为邻　…………　13
虚拟一个人一起仰望星辰　…………　15
父亲的井　…………　16
女性身份　…………　18
出故乡　…………　20
当蜘蛛离开了网　…………　23
环卫工厂　…………　25
果　核　…………　26
过　年　…………　27
烟火可亲　…………　28
杂　诗　…………　29
遗　址　…………　31

这里寂静美好 ············ 33
一直都在诞生 ············ 34
两面书 ············ 35
就像春水正熬煮着流年 ············ 36
药 ············ 38
篝火 ············ 39
雨从天空落下来 ············ 40
风儿带走的，云朵正送给我们 ············ 41
走向高处 ············ 42
在高处握手言和 ············ 43
远眺 ············ 45
灯塔 ············ 46
总有一条路为生而开 ············ 48

## 辑二 养育光芒

鱼不能飞起来却爱上了天空 ············ 50
养育光芒 ············ 52
雕刻者 ············ 53
画像 ············ 54
生火 ············ 56
舌尖上的西梅 ············ 57
弹琴的孩子 ············ 59
香我枝上花 ············ 60
在车上忆起白银似的童年 ············ 61

群山呼啸 ············ 62

给夜晚开一扇窗 ············ 64

星星草 ············ 66

黑镜框里住着一位熟悉的陌生人 ············ 67

试金石 ············ 68

战　栗 ············ 69

逃遁之诗 ············ 71

去往各自的路上 ············ 72

蝉　蜕 ············ 74

在B超室 ············ 75

陀螺的秘密 ············ 77

赶时间的人正赶着一辆牛车 ············ 79

歌　唱 ············ 81

夜　宴 ············ 82

拓碑者 ············ 84

转　场 ············ 85

你爱的苹果你爱的平衡术 ············ 87

极不平静的一年即将过去 ············ 89

冬藏诗篇 ············ 91

我们将一直同行 ············ 93

## 辑三　成为光

炉　中 ············ 96

迎风泪 ············ 97

一滴泪在寻找它的光 ………… 99

摆　渡 ………… 101

蜘蛛人 ………… 102

无形的抽鞭人 ………… 103

落　日 ………… 105

雨落黄昏带来更硕大的灯花 ………… 107

天黑后 ………… 108

星空下散步 ………… 109

灯 ………… 110

日光一直绵延到峰顶上 ………… 112

我们提取了光的梦 ………… 113

是风带动了光 ………… 115

当光点在一盏灯上 ………… 117

仿佛这一切都构成了隐喻 ………… 119

蓝　焰 ………… 120

用一个世界告别一段悲伤 ………… 122

春山在望 ………… 123

奇异的反光 ………… 124

光，总不期而至 ………… 125

成为光 ………… 126

未完成的交响 ………… 128

我将用复述你的方式赋格这一生 ………… 129

我们仅隔着一面镜子 ………… 130

私　语 ………… 132

## 辑四　辉光流转

每个人的身体里都有一座寺宇　…………　136
温柔以待　…………　137
咔嚓……咔、嚓　…………　138
认识夜晚　…………　140
不过还好　…………　142
我们盛大的幸福，像一首刚刚诞生的小诗　…………　144
头顶上的喜蛛　…………　145
欢　聚　…………　146
蔷　薇　…………　147
麻辣晚餐　…………　149
鱼的眼泪　…………　151
剖蚌取珠　…………　153
悯　…………　154
惊初见　…………　156
情　歌　…………　157
爱情21克　…………　158
左手和右手相爱　…………　160
三十厘米的爱　…………　162
爱恋悠长而时光弥短　…………　163
即使燃烧也无法安慰爱情　…………　165
永恒的幻象　…………　167
爱下去　…………　168
亲爱的孩子　…………　169

子不语 ………… 171
这么洁净的一天是幸福的 ………… 172
当我向今天忏悔 ………… 173
只有爱寂静不死 ………… 174

## 辑五　万物闪耀

万物因你而闪耀 ………… 178
灵猫风暴 ………… 180
青花瓷 ………… 182
干净的事物 ………… 183
醒来的事物 ………… 184
晨间事物 ………… 185
傍晚的画 ………… 186
植物气息 ………… 188
风中的海棠 ………… 189
玫瑰，玫瑰 ………… 191
最美的样子 ………… 192
开在香山顶上的花朵 ………… 193
蝴　蝶 ………… 195
珍珠树 ………… 197
这个秋天 ………… 198
青弋江 ………… 199
午夜的钢琴 ………… 201
走失的眼镜 ………… 202

千花物语 ………… 203

草　莓 ………… 204

火　牙 ………… 206

细　雪 ………… 208

纸　杯 ………… 210

荡　漾 ………… 212

飞　行 ………… 213

# 辑一 在光的诞生之地

# 安慰之诗

当绵软的风,终于吹得你辽阔无疆
你可以呼吸花香,在刀俎之上

落日正从胸口喷出,灰暗之上的星空
一纸幽蓝的静
轻轻就压住了万千雷霆

仿佛山峦崩倾 ——
无法承受的境遇,终于使你获取了
飞翔的轻功 —— 这生活的假释者呵

月光般轻轻滑翔着
松软的羽毛,带着梦幻的力量

"咕咕 —— 咕咕 ——",发出
也许并不是"咕咕"的叫声,却神启一样
让你感到神秘鸣叫的光 —— 正绵软地滴向你

即使它拔不起深陷刀锋的手脚
即使它短暂得仿佛一行无用的诗

却还在安慰着,一个已经无法安慰的世界

原载《诗刊》2015年2月号上半月刊,入选《2015中国最佳诗歌》(辽宁人民出版社)、《山东诗人60家》(中国文联出版社)

# 儒 地

猛然被惊醒 ——
说不上是钟声，是时间，还是更神秘的
在兴隆塔下听《心经》
我感到自己像量子物理学上的零点能量
一个人总有磨灭不了的
向北，孔子曾指着我身边的泗河说
逝者如斯夫，泰岳以北
风雪如席，天下归仁
向南，是陋地
在矿区的塌方之后再筑楼台阁宇
火车一声长鸣
曲水流觞，向南鼓风而歌
天涯海角有牵肠挂肚的阿妹和大哥
一直向东，穿过群山便是大海
咆哮、狂野、包容，而又仁慈
一路向西，茫茫声响
惊慌而又慷慨
世间有太多可能安得我心
我在这里读圣贤书
一粒微尘有万千经卷

我有内忧也有外患，我有毒更有解药
一个人向四面八方张望时
万物映现我 —— 无穷小，又无穷大
我将在这里终老
将梦一般返回花朵、树叶和每一阵风中

　　原载《山东文学》2018年4月刊（上），入选2017年中国作协定点深入生活项目，获山东省作协"庆祝改革开放40周年"主题征文活动一等奖

# 在光的诞生之地

那时我们住在一所天然的疗养院
泥土里翻滚的草木之心
闪烁如发光的鱼鳞
雏菊、石竹、牵牛花和野蔷薇一茬茬
开在山岗隆起的坟地
也在我们的院子里跳舞

我们过着节衣缩食的日子
家里没有电灯,没有收音机和闹钟
电视、网络和高铁是以后的事情
书里记载着第一颗通信卫星飞上天空的消息
人们在这里忘记了暮鼓和晨钟的更迭
困倦时就搂着猫咪或小狗睡去
年轻而健康的鼾声,黄牛一样有力

梦里的爷爷除了耕种就是修墙
父亲已经成为这片土地最好的技师
除了鬼魂
我还知道人的灵魂像梦落下的影子
可在梦里我们总会撞到南墙

就像灵魂反复折磨着肉身
除了忍耐、坚持和爱
不断吹来的风总不停地重整旗鼓
我们在梦中得以慰藉

多年以后蓦然醒来的人
抚摸着脸颊上高一只低一只的酒窝
一只盛满了土
在江河与群山之间建筑着生活的琼楼
一只盛满了天
镜子似的照着这光的诞生之地

从远处归来的还乡者，多少年来
依旧是那个提着马灯的孩子
走在归途，好像奶水流淌在蜿蜒的小路

  原载《时代文学》2017年第10期，入选《2018诗歌年选》（江苏凤凰文艺出版社），2017年荣获山东省作协"喜迎党的十九大"主题征文活动诗歌一等奖

# 梦的启蒙

"青山清我目,流水静我耳"
我曾在鸟鸣和露水里诵读

桃之夭夭,或者蒹葭苍苍
红过绿过也苍白过,那些遥远的都在

我身边。轻微的如母亲的呼吸
强壮的如苍黑的果枝虬龙一样向上盘旋

而光的芽苞像血,涌动在东山顶
我曾饿死过读书时代,渴死过目光

那时一贫如洗,吞糠咽菜却菜根香
山坡上还埋藏着祖父和祖母的生活秘方

穿过天空的电线,正穿过乡村公路
像带水带火也带电的脐带

尚未奏响的天籁,摇着村前的月亮河
一次次渡走我,又一次次引我缓缓归来

原载《滇池》2019 年第 6 期

# 请美，请统领着那些美

请温润，请再温润一些
最好是蓝田的暖玉，最好是暖玉上的轻烟
把美的熏风，扶摇得像偷袭心尖的风暴

请轻，请再轻一些
最好是兰的梵足，惊响幽谷
惊落了月光，惊熄围绕你的黑夜

请隐忍，请再隐忍一些
我们隔着镜子和万般幻象，承受不息纠缠于你的轻重
无轨，弯曲，形变，伤痛，溃败，和那些灰质部分

请尖锐，请再尖锐一些
锋刃就是要挑破顶针里藏匿的西风，就是要疼也彻底
爱也彻底。就是昏死了也要醍醐灌顶

要战栗，就再战栗一些吧
当微凉的火、滚烫的冷兵器偎在一起，唇齿相依
互为叛逆；当美屈服于美的旋涡

你必须给她挤出一条路来。给她性灵，给她风骨
让她出落得像一位美人
死就死得其所，活就活得卓绝妖冶

原载《山东文学》2012年2月刊（上），入选《诗选刊》2013年第2期、《2013年中国诗歌精选》（长江文艺出版社）、《2013华文青年诗人奖获奖作品》（漓江出版社）、《山东诗人60家》（中国文联出版社）

# 镜　像

天空：冠以雨露，鸟鸣，流云，翙翙其羽
更高的悬崖，更远的天空

而庭院：冠以温暖，福慧，同心扣，琴瑟齐发齐奏
终好和终老；以及无尽苦海寻得的那一点点蜜

四时：冠以明媚，夏花，雷电，风流云散
无法揣测的转圜，和旧梦

湖泊：冠以不受驯的影子，海市蜃楼，天空波荡的理想
而废墟：冠以初恋的美好，桑榆暮景，与潦倒成灰的结局

殿堂：冠以棋子，棋手，制衡，五毒与兔死狗烹
寺宇：冠以万念俱空；或宁静，或钟声，或燃着欲望期许轮回

尚有更多……关关叠叠，影影绰绰
万物慈悲……皆据守为攻，化退为进

穿过空空如我的大虚空，我一次次把它倒掉，就像清空自身
再缓缓注入

天空、庭院、四时、湖泊，或寺宇……而万物慈悲，入怀

原载《诗潮》2013年第6期，入选《诗选刊》2013年第8期

# 与神为邻

那么你看到了：野花，蜂群；荒漠，落日
这些明媚或灰暗的事物
早已不是我一个人的秘密
你暗居高处，把我视作一颗灰粒
滚着米粒，与神为邻
让夜晚赶梦，白天赶风

但，即使你在云端，也不能忽略
这些被风划开的暗伤，和疼痛
都是穿不过针眼的大象，被挑在针尖上
像一个女人被暴力撕裂的产道

你看这一生，这因痉挛而动荡的
媾和体，就像蝌蚪的胎衣
在告慰高处的星星，在抚摸生育过的河流
当我把教堂的钟声设为手机的铃声
似乎它每响一次都让我突感一惊
是神的话语，悲悯的信仰？
让我把木琴、竖琴、鸟鸣……哑默在流逝里

就像我准时醒来,在凌晨四点的钟声里
接通你的电话,并按你的指令
用长镜头及微观之像,写下有关痛痒的诗

原载《绿风》2013 年第 4 期,入选《诗选刊》2013 年第 11—12 期

# 虚拟一个人一起仰望星辰

这个夜晚多么轻盈,我们惊叹星辰
是无法破裂的爱,闪烁在永恒的空中

我们虚构着轰轰烈烈的情节
推杯换盏的不是烈酒或露水的情义

旷古的风吹过,我们都岿然不动
塑像一样,相守成彼此的礼物

夜晚是凝固的黑色灯芯
无数光芒自灯芯升起,你许给我

关于一辈子的故事:一只杯子
装满旧事;一床被子,共暖余生

火焰盈满了星辰的眼睛,让所有人
都仰望在梦中,催生人间无数火花

气浪一样:怀抱天堂似的星空
抚慰着我们的永恒和无止境的梦幻

原载《诗刊》2021年4月号下半月刊

## 父亲的井

秋天的午后,他一丝不苟
缠卷好水管,用衣角擦净电机上的泥巴
他的长臂小心翼翼
再一次把它们挂在水井的壁坎上
是的,他正把它们深藏在井里
虔诚得像完成一种古老的仪式
在鸟啼虫鸣的细响深处
偶尔,我也会听到那些突然掉落到井底的
石头或泥块的回声
那些因突然失手而坠落的命运
从看不见的深处,发出尖锐的脆响
此时大地上正翻滚着枯黄的秋风
这让我更加担心
他一天比一天老了,双手也不由自主地颤抖
但他还是很快在井口盖好石板
再在石板上压上石头
他不厌其烦地给这张钟摆的面孔装上隐秘的动力
的确,当一个人的源泉被管状的吸力
源源不断地提起,又不断地坠落
在不断往回的可能里

只有源源不断的水,合奏着悲欢的叹咏
盎然流淌在困乏之中,在父亲的果园和田间
窸窣闪动着,丰润的回声

  原载《诗刊》2015 年 2 月号上半月刊,入选《2017 年中国诗歌精选》(长江文艺出版社)

# 女性身份

是母亲
一个妻子
疯子！你站住，焦灼的闪电、温柔的雷
我们都散场了
只有你还在清扫我们的杯盘，我们的残骸
只有你还饿着肚子，露出乳房
奶狼吞虎咽的孩子
我们掘干了你的温泉
只有你屈从隐忍的活法
只有你听任我们摆布，就像你摆布
梦幻和生活安置大地星罗棋布的棋子
爱你，你就是我们的家国
恨你，便弃你如衣履
但你安静，交出了一个世界的明月清风
你纵情，如燃烧的狮群在辽阔的草原
渐作灰烬
你埋进我们的骨头和血液
让我们温暖的波纹忍不住喊疼——
母亲
妻子

少女和少女头上的花环！香气如日影
日复一日，你忙着死

  原载《山东文学》2016年10月刊（上），2017年获"千纤草"华语女子诗歌奖

# 出故乡

昨天，是我的哥哥和嫂子
天刚亮他们就拖着行李朝村前走去，他们头也不回，
任凭刚满周岁的孩子，在母亲怀里撕心裂肺地哭叫，
我知道的，一旦他们回头，
就会像我的父母一样步履千斤，满脸泪水。
很快，他们就汇聚到村前的人流，
挤在残雪混杂鞭炮屑的泥浆里。
瑟缩着等待那辆随时到达的列车 —— 是的，
这是正月初六，正是出行的好日子。
路边的人越聚越多。我认识他们：
有刚结婚的五健小两口，刚葬完父亲的海峰，
有花枝招展的二嫂子，抱着孩子的桂妹妹，
有大学刚毕业的海波，五十五岁的三叔，
满头银发的吉爷爷……当然还有前来送行的：
被树枝戳瞎一只眼睛的四叔，拄着双拐的堂弟，
一直抹眼泪的大爷、大娘，和哭哭啼啼的孩子们。
人们瑟缩着挤在踩满泥浆的夹道上，
带着又一次离家的惆怅、悲苦。
带着绝望后又一次的理想之姿。
拖着似有似无的影子。

拖着稚嫩的、苍老的啼泣，拖着离散的肉身，
梦的通途，拖着命运。
拖着旧山河，这新的潮水，
很快就被一辆大巴、一列火车，抛进随遇而安的生活。

是的，今天我就是这样离开你的，轻轻地，满含热泪。
就像金字塔远离自己的埃及。
就像一滴水投之于旷野的旅程。
就像无水之鱼。是的，
就像当我离开你 —— 徜徉在这个城市的街头，
我看到了什么 ——
那个包着藏蓝头巾的老妈妈依旧跪乞在十字街头。
那个在火车站讨生活的小青年依旧在求一张返程的车票。
算命先生还在人民乐园占卜秘事。
讨不回工钱的农民工又回到了脚手架上。
洗头房里的妹妹偷偷做了红灯区的小情人。
还有运垃圾的，拾荒的，按摩的，卸货的，装修的……

这些惶惑的、低矮的，这些孤独的叹息的影子呵
总穿在你身上；
这些悲哀的、幸福的、澎湃的呼吸，
总是你的乐园。
神说：我必与你同在 ——
我离开你时，你依然无处不在，
像一个洞穴，或者出口，
总释放着火星，在我眼睛深处暗燃着 ——

如同国际饭店楼顶飘向满世界的彩旗；
如同暗夜里找不到道路的诗人；
如同疯子在开辟一片虚席以待的疆域；
如同我，或者你，一个一直都在买票的旅者，
永远都在搬运新的叙事——

原载《诗刊》2013年12月号上半月刊

## 当蜘蛛离开了网

它并不从容,在我舀米的瞬间
这只突然惊现的蜘蛛,那么迅速
从掩身的米堆拔脚,转身
我看到它在装米的塑料袋壁上一再摔倒、滑脱
那么倔强,不甘

它看上去像离开了土地的弟弟
也仿佛是在嘴唇上讨生的异乡人
咀嚼着粮食的碎片,抽着一根丝
焦灼、匆促,使着浑身解数
不停地调整着姿势,和内心的微光

我无助地审视着它,直到它也回了我
一个英雄气短的眼神,真的
和一只闯入电灯的飞蛾无异
一颗扑火的心,在光滑而凉性的冷光边缘
找不到登陆的海岸

当蜘蛛离开了那张惯性生活的网
现在,生存让它获得了鲜活却迷茫的另一张大网

悬在天空之下，沧海之上

原载《诗刊》2013 年 12 月号上半月刊，入选《山东作家作品年选（2013）综合卷》（作家出版社）

# 环卫工厂

它的来处是粮食、纸张、鲜花
和我们巨大的胃口与头脑

它的去处却是沟渠、废墟和地心
被嗡嗡嘤嘤充满的
"无用"和"垃圾"等词语派生

我真为它扼腕叹息,沦陷于它
沉溺的生活,直到这些智能环卫厂
破除了我对它的想象

仿佛一个新的循环系统
贯穿着城市、乡村和它的心脏
分分钟钟地疏解着我们
关于生活和欲望制造的废弃波浪

在一座排解忧郁、积患和塞心事的工厂
我看到游弋于城市的环卫者
真像橘黄的鲸,不停地吞吐着
卡住我们咽喉的钢铁、塑料和灰尘

原载《作家》2020年第5期

# 果　核

我在这里读书，　他在那里电话
话筒里的栅栏、　轨道和认定书
与书卷里的温暑凉寒，　静如永世
接连不断，　关闭的门也挡不住
奇异混合的交响

女儿不停地从这屋跑到那屋
一片跃动的光泽
我们从中取着火焰
像酒，　酿入根须熏染着云端

当然我们还将接受更多暗示
诸如寓言
人们因手的灵巧
日复一日操持着滞重的翅膀

而黄昏的吸尘器将收走尘世的迷雾
恰好的磨损
终于使我们猎取了鲜艳的果核

原载《诗潮》2021年第6期

# 过 年

初一动刀，削眉笔
山色苍茫，人世沟壑纵横而幽深
祈福的人从山上下来
神总盘踞在山巅，亲人都流离人间
祖宗的画像被请回香案上
失散多年的人在电视屏幕上
拥抱，泣不成声
雨夹雪的天气
生死相连，鸡犬相闻
开门炮的红屑如小火炉的红泥
我们围坐一起，一说起家就热泪盈眶
一群迫不及待赶回来的老孩子
逢人就问好，见祖宗便跪拜
相识和不相识的
生灵都在接受普天的神谕

原载《诗刊》2017 年 10 月号下半月刊，入选《2017 山东诗歌年鉴》（中国文联出版社）

# 烟火可亲

鹅黄的棣棠花还悠然地开在闲庭
刚抽芽的石楠
在饱吸霜露之后果然红了

不知道远方轻裘绶带的人
是否去了更远的远方
火车从沁红、碧绿
一直开到了橘黄、沙黄，和暗灰

这时节落花成魂，黄叶成金
没有物哀，也没有神谕

我知道大地上矗立的烟囱
每一根都会升起一柱烟火
袅袅轻烟，都要从人间的通道
解决人的生死问题

原载《作家》2020 年第 5 期

# 杂 诗

微雨,薄雾,鸟鸣,山峦在前
把啁啾含在胸中,几乎重返梦中

滴答着迷人的清寂,像新点的灯笼
挂在梨花带雨的树上

我有土地等待耕耘
我把没有翻读的书收到它们本来的位置
为此我向它们道歉

我露出一览无余的本性,在自然面前
我就是一尾鱼,在江河湖海中

原谅我不屑世界的法则
宽恕自己曾经的过往,错过的风光

就这样吧,一个人顺应着真正的欢喜
我知道强大的梦,正走在路上

有晴光荡涤,转过关隘

一阵喜悦的风,像旧时老友,索路而行

原载《青岛文学》2021年第10期

# 遗 址

她是在滑铁卢战败的另一个拿破仑

她的身体里隐藏着无数场战事
现在她只是个负隅顽抗的人
疲于生死,伤痕累累
她跪向苍天,像无声呐喊的号手

但已找不到敌人,此时荒草和落叶
纷纷向她缴械投降
灌木丛中的红浆果是全部战利品
秋日举着芽苞,像遍地的玫瑰
她正向远处眺望着
黑洞洞的枪口,落满了蝴蝶

嗯,不弄起一丝天籁的蝴蝶
宁静地穿过
曾经的峥嵘,峥嵘的来日
万物消停过吗,一个世界放下过手吗
她静静地潜伏在这里

她的长发铺展着大地斑斓的琴弦
她的头顶是无边的蓝,脚下是无际的蓝
整个姿势像一滴不肯霉变的奶
正从一只柔软易曲、正在熔化的钟表里流出来

原载《华语诗刊》2016年1月29日

# 这里寂静美好

这里寂静美好
一个我离开了我
又有一个我走进我
一切发生得神秘而悄无声息
即使黄昏也婉转着啁啾鸟鸣
晚风吹动云霞更吹动浮世
我已浑然不知
这一生仿佛一日
这盛世清欢养育的寂静
是一条大河
一个牧场和一个战场……
梦离开我又不断靠近我
寂静的蝌蚪游弋在比梦还远的地方
葵花转动脸庞爱着阴影好比爱着光
我爱这寂静的美好远比人群里的良宵

原载《绿风》2020 年第 1 期

# 一直都在诞生

有什么能阻止得了，昨日的桃子
生长，成垃圾
一样被抛进垃圾场
这能算得了什么，即便我们殊途同归
能说出的事儿就算不上事儿
能说出的痛苦其实也算不上痛苦
但谁能说出，就像你
仿佛一个躺着中枪的孩子在意外的风暴里
清理那些灾难的碎片
亲自埋掉自己的幸福
你不得不
像灰烬一样，吞下沉默
像道路一样，阅读着悲剧，从每一天
绵延着诞生
这魔鬼的香水，祭坛的孩子……
一直都在忙着诞生

原载《齐鲁文学作品年展2014》（山东画报出版社），入选《2015年山东诗歌年鉴》（中国文联出版社），获2014年齐鲁文学作品年展最佳作品奖

# 两面书

坐在飘窗上晒着太阳
我读,向日葵:这灼热深情的金色灵魂
有没有阳光,都开在世间
任何一个角落

也读,大裂谷:这人间的深渊
把苦痛、绝望和煎熬沉入
大地的废墟,唯举着河流和万物
向世间美好地绵延

此刻花朵开满了我的前胸
裂谷如同后背
我的前胸和后背都沐浴在阳光里
变幻无穷的云朵正从窗口飘过

我们也这样行役于世
在阳光和晦暗之间
幸好因为人间善意,不再孤立无援

原载《青岛文学》2021 年第 10 期

# 就像春水正熬煮着流年

上午还是热烈的盛日,蕾丝衫上香汗淋漓
下午就是落叶翻滚,骨肉粘连着抽剥余生的筋骨

上一刻是嘴唇轻咬着耳垂
下一刻就是后会无期,万劫不复

一些捉摸不定的风,一些无法确定的关系
一些落在阴影的光芒,正治愈人群的绝望和仰望

就像灰烬总是在死灰里复燃
就像春水正熬煮着流年

一些轻易的碎,正从一片落叶翻动巨大的声响
正从风的手指抖落着,从归途离场

即使你模仿雕塑,或哭或嚎或笑
即使一站千年,一场传说

其实我就像空气,我一直在这里就像我从不在场
但是慈悲呵,不论你轻轻放下还是咬住不放

不论是道法自然,还是黑白无常
这些喜悦而热烈的,就像意外的拥有、措手不及的失去

但是我爱你 —— 就像万物慈悲于胸
一个反复交错的世界,让我们各有所属,让万物各得其所

原载《诗刊》2015年2月号上半月刊

# 药

有人干柴烈火地爱着凡尘的肉身
有人宁愿青灯寂寂,孤独到死

—— 这救命的药。你宠坏了我
在尘世,人们奢侈地痛饮着它的芬芳

要么去死?要么去疯?
倾听灵魂的人,在云端,还是早已消失在肉里

当我闭上眼睛,抚摸你的面容
但这一刻和那一刻,多么不同

爱你时,你遮蔽了所有的死亡和恐惧
不爱时我依然爱你,但多么轻多么静呵

就像草木翻滚着流蜜的汁液
撰刻自然的碑文,就像呼吸潜伏在未来的肺腑

我想哭但已没有了眼泪,却忍不住悲喜
我疼但已没有了心,却忍不住以齑粉攒制世界的完整

原载《诗刊》2015 年 2 月号上半月刊,入选《2015 年山东诗歌年鉴》(中国文联出版社)

# 篝　火

围着篝火，让我相信沉默的木头
也是长翅膀的火，火从来都是向死而生

没有什么能够束缚住燃烧的灵魂
不为消逝，更不在乎灰烬

篝火舔旺了我们身体里的火焰
我们跳着拉手舞，热浪似的向篝火扑去

人们那么兴高采烈，那么认真地澎湃着
即使生活常如烧过的灰烬，让人绝望

可就在成为火的瞬间，却仿佛一种诞生
把心灰意冷的人，烫得热泪盈眶

每一团劈波斩浪的火，都在火的舞蹈中
放肆地闪耀如星星，飞向天空的八角

月亮升起的时候，我们虔诚地拜着月亮
这永恒的篝火，燃在梦呓的高处
辽阔幽亮的，把火的光辉点进人们的胸膛

原载《作家》2020 年第 5 期

# 雨从天空落下来

雨，从天空落下来
我原以为，是雨失掉了天空

自由无羁的雨呵
它们构成了亮光闪闪的雨线
从最高的天空落下来
它们落下来就是要成为
这一地从容不迫的流淌水晶
它们是庄子分发的钻石

流进草叶就生出露水
绽出花朵
流进大地就成为稼禾和汗水
流进江河湖海
就成为新的江河湖海

于是，它们成为万物
这上善之水
总以柔软之姿随物赋形，衍生不息

*原载《诗刊》2021 年 4 月号下半月刊*

# 风儿带走的，云朵正送给我们

在逆光的剪影里，能够发光的
除了爱，还有什么
这悲喜交集的人生
世界里沉睡着所有的夜晚
而每一次拥抱都像第一次
你的脸蛋儿紧贴在我的胸前
星光在头顶动人衷肠
蓝色的波涛在高处，翻涌着热泪
多少年了，我们的生活沾染了太多魔法
尽管困窘，却也富足
尽管狭窄，却也回荡着宽广的琴声
即使那只夺命的撇脚把我们狠狠踹进了泥里
也无非是命运又把我们错爱成种子
风儿带走的，云朵又送给我们
在天空的反光里，必定有一种更崇高的法则
和人匹配，就像流水一次次经过扭曲的肠胃
再一次次恢复成最初的本原
就像所有可怜而不朽的人
在一次次相拥中，你再一次成为我的宝贝
成为我和我的同类

原载《诗刊》2016 年 5 月号上半月刊

# 走向高处

我朝着山顶走去,高山仰止的蓝
拖着云端的梦
一步一阶梯,充满光亮的诱惑

却缠累于脚,沦陷于纠缠不息的爱欲尘俗
不知不觉被一种强悍的气流裹挟
夹道迷乱如繁花
人们都朝同一方向怒放
却瘦了思想,肥了身躯

困厄于喧闹的杂音
常觉得面目可憎,弄不出一点清音
摇摆在一局棋事里
常感到日渐滚落下去的恐惧

——仿佛整个人都坠落在峭壁上
不知道哪一天将在哪里消失

当我抽身独行
草已在山顶独自绿成了高原
走向高处的人眼睛里落满了仰望的星星

原载《诗潮》2021年第6期

# 在高处握手言和

那场假面舞会结束了,我们正跳着贴面舞

并不仅仅因为灯光照亮了我们的头顶
并不仅仅因为鸟鸣淌过耳垂,又唤醒了春水

我们曾山穷水尽,以死换取
通往天堂的路费,哀恸之后
倾心入魂的光,正拥着我们的影子
多么澄澈、通透的呼吸,一条明灭交错的河流

每一天依旧,穿胸而过
我知道那些沉陷泥沙的倒影,仿佛我们
在罪与罚的天地,不断翻滚着
巨大的呜咽,不断抛升着被升起的灵魂

"我怕我配不上我受的苦难"
在这流淌的永恒之中
已没有路途,让我们返回那上游的高地

但为了坠落得更慢一些,我们正学着

放下奢念
放下一出生时就握紧的拳头
顺应着灵魂的油灯,像鱼一样打着挺儿

让头颅高出波浪,让我高出自我
在有生之巅
一个人终于可以向死,缓缓摊开手掌
那么好吧,就让我们在高处握手言和

  原载《齐鲁文学作品年展2014》(山东画报出版社),获2014年齐鲁文学作品年展最佳作品奖

# 远　眺

极目远眺，除了茫茫苍苍的大雾
还有千里之外，拴在苏州城门轻嘶的白马
头上鬃毛吐火，尾巴上蝴蝶翩跹
—— 千年前的情景，尽现眼前

那时远眺的颜回，因精神耗尽而夭亡了
此时我只需以梦为马
拖动鼠标，就能合成新的云图
—— 这真让我羞愧，又骄傲

大风不停地吹我
磐石一样的身躯，气流般的灵魂

一颗靠在巨人一样的现实
之上的心，我想按住神马和浮云
装一架梯子，迎来送往
从尘埃求索云端的梦想家

—— 把采到的魂儿，播进
所有奇异的眼睛，孵出万物的光彩

原载《诗潮》2021 年第 6 期

# 灯 塔

一定是梦沉淀的光,让它生出了翅膀
长成巨人,在众生迭起的浪尖
用光芒的臂弯,挽住黑暗的陷落

一定是来自最高的信仰,爱和悲悯
痛苦时,它是广袤天空的雨滴
幸福时,它是天花板上镶嵌的月亮
往返于来时的道路,让幻影重现

这暴风中诞生的烛火,就像生活
有时候需要通过幻想
增加活着的长宽、韧度和温度

落魄如我的人,在它的光圈里
流泪,受苦,孤独,绝望,感念
承受命运和它的光照
这构成了我的道路,浓雾中悬而不落的灯塔

我远远地朝它走去,终于抵达它的时候
才发现,它那里什么都没有

除了身上汹涌的热气
它那里什么都没有,但偶尔抬头它又隐现在远方

  原载《江南诗》2017 年第 3 期,入选《中国诗人年度诗歌选集 2018》(四川民族出版社),2017 年荣获山东省作协"喜迎党的十九大"主题征文活动诗歌一等奖

# 总有一条路为生而开

炒过的冰，已化成一锅美味
仰望过的星群，擦亮蒙尘的眼睛

一个怀抱梦想返回现实的人
绝望，困厄和不堪是燎烈的火
这些年总不停地点燃我

幸好我还没有成为一把灰烬
幸好我已修炼成笼子关不住的鸟魂
为爱，更为纯粹地活着

身体里的庙宇平衡着悲悯和罪恶
绵绵不绝的香和腐烂的气息
在相互抚恤，又相互生发

成为我，必须通过刀锋和铁砧
完成我，以寂静、草木，鹰隼和长空
这引导人间不断向前的永恒之事
总有一条路为生而开

原载《红豆》2018 年第 8 期

# 辑二 养育光芒

## 鱼不能飞起来却爱上了天空

给灰尘一个去处,给鞋子一个家……
这是我每天都在重复的事情

我的梦多年前就被一个孩子盗走
现实的栅栏引领着,这个生活的仆人

上天赐赠的盐巴,一部分撒在了锅里
一部分存在眼窝,涌向泪腺的海

你看我不停地向滚滚汤水添着作料:
辣子,酸奶,甜菜,酒精,净水……

却止不住对扑面袭人的花粉过敏,感冒
这是一百平方米之外,遍地盛开媚惑的蔷薇毒

——这安娜搭乘的精神号逃亡飞车
扑簌簌落着花粉,正把我运向更久远的秘境?

而栅栏之内,一些影子叠加的小人儿让你越来越重
直到你完全丧失了自己,鱼不能飞起来却爱上了天空

原载《诗刊》2013年12月号上半月刊，入选《山东作家作品年选（2013）综合卷》（作家出版社）、《"青春诗会"三十年诗选》（作家出版社）、《2014华文青年诗人奖获奖作品》（漓江出版社）、《山东诗人60家》（中国文联出版社）

# 养育光芒

每个人都有一个长长的未来
夜晚用双手划动看不见的深黑的船桨

飞蛾绕着命运的光柱
蚊蝇晃动着蓬蓬裙的翅膀

嘿，是谁？让我们死时
我们却意外地活着……

为一次小小的会心的微笑
为衣食苦，为住行谋，年轻却凋谢的玫瑰

我们无法清除苍冷而卑微的底色
但我尝试用一抹翡翠的光泽来装饰内心

一万种黎明（那长夜养育的万千光线）
一万条出路（每一条都不是为了逃的）

也许我们正反向而行，在充满幻想的沼气池里
被霉菌和时间的气泡，塞紧了鼻子

　　原载《时代文学》2017年第10期，入选《诗刊·新时代》，2017年荣获山东省作协"喜迎党的十九大"主题征文活动诗歌一等奖

# 雕刻者

雕刻的人置心一隅，不惊不扰
一笔一画，刀随心移
如流水在刻痕 ——

轻的，如光。光懂得雕刻术
必去掉多余，木头成佛
仁成人，字生光

重的，是影。影拖着沉重的车
把摆脱不掉的古老隐喻
死死往活里拉

可当你赋予她（他）深爱，正如我赋予你的
一座被共同雕刻的城，恰如拉丝蜜巢

千缠万绕的丝，牵拉着我们的魂儿
我们雕刻的一切，正雕刻我们的果实

原载《星星》2021 年 3 月上旬刊

# 画　像

我看到她那时的眼睛
在雾气里闪烁着梦幻的光泽

头发从风中纷披着澎湃的波浪
飘飞的银杏树叶
像蝴蝶栖落在她的衣领上
鲜妍又温柔，她站在银杏树下
仿佛在注视着过往

还有什么一直跟随着她
除了爱和生死

直到风完全解开她
曾经的无常、骤变、恐惧和忐忑
生与死的秘密环扣在胸中
仿佛蟒蛇搅起灵魂巨大的风声

我凝视着她：光把她照得晶莹透亮
仿佛少女，又像是老妇
仿佛是亲人，又像完全陌生的人

有时候又觉得她就是我
或者谁都不是,她只是一个影子
——澄澈又丰富,苍老又鲜美
我们不约而同,走进了她的命运

**原载《扬子江诗刊》2021 年第 6 期**

# 生　火

父亲从黄昏归来，带着青草、果枝
混合汗液的气味，和母亲一起
在柴房里
不停地扇火，吹着灶底将熄的余烬

噼噼啪啪的火苗，仿佛初吻
燃烧着落叶、枯枝
间或吞下冒着浓烟的雨水
或者大雪之后，一只初试啼鸣的山鸡

我知道他们共同的事情
就是用血汗，将它们全部变成火
哪怕是变成苹果树上一颗稍纵即逝的火星

架在那张有着巨大胃口的沸腾口子之下

……但多么漫长啊，却面条一样柔韧
他们终于将自己熬成了火焰
将我变成了女儿，妻子，母亲，女儿的女儿

原载《作家》2019 年第 3 期，入选《诗选刊》2019 年第 5 期

# 舌尖上的西梅

总不忍轻易剥开,总不忍轻易碰触
这层糖衣里脉脉含着的果子

她是想把它的一半留给丈夫
另一半留给女儿
或许,更应该把它留给父母

但现在,它不过是一块糖果
再也不是稀罕之物,再也不是流淌之质

但西梅在她舌尖打滑的时候
她的确感到一阵眩晕滚烫的吻流
她的确听到一个孩子咯咯的笑声

又似乎,是一只布满老茧的手
将一颗不忍下咽的甜豆豆塞进她的嘴里
另一只更粗糙的大手
轻轻刮一下鼻涕虫的红鼻子

……幸福,如此在舌尖上哽咽
从甜蜜之萼,拨动坚硬的,也拨动温软的

是融化和溢出……正如她品尝的这枚法国西梅

它最终露出了一枚小小的核,终极的核
精巧,温润,朱红:如一枚小小的心
带着固执的甜,残留的酸
藏匿着一片梅园的暗与香

原载《山东文学》2012年第2期,入选《诗选刊》2013年第2期、《2013年中国诗歌精选》(长江文艺出版社)

# 弹琴的孩子

仿佛清风吹过树叶,微微碰击
树叶间的光,哗哗轻响
一个柔软的梦,像细浪涌来

失去的一切又回来了
当我凝眸,谛听
黑夜舞台上弹琴的孩子
一束追光,追着她
琴键上舞蹈的手指
抚着细浪涌来,多么柔软的梦

谁能想到,几个月前
她曾承受的折骨断臂的痛楚
仿佛是光在奏响
黑夜最有力的敲击

而一双看不见的手,一直在
抚动一个世界神秘的交响

原载《作家》2019年第3期,入选《诗选刊》2019年第5期

# 香我枝上花

离开动物园
我们又在湖边伫立了很久
岸上烟柳早落尽了春色
水中枯荷还擎着
雪的情致，越来越爱
这干净朴素的人间
如果不是风起，涟漪
几乎是凝固的，而
突然盛开的蜡梅荡来缭绕不息的香气
仿佛突然到来的父母
就在刚才，我们不约而同地爱上了
秋千架上相互簇拥的恒河猴一家
栅栏两边凝望的目光
缠绕着，久久舍不得移去

原载《作家》2019 年第 3 期

## 在车上忆起白银似的童年

那种呼啸而过的,似乎已不仅仅是风声
穿过去。似乎总是记忆
如同从身边呼啸而过的群山
在青葱含黛的光晕里
我常趴在南山的瓜园里望天
锦缎似的云,棉花似的云,碎鳞似的云
翻涌着波浪
一个孩子放逐的天堂
是我全部的秘密,父亲手推车里的果实
天黑时分
星星提着灯笼,我们打着月光
沿着盘山小道回家
似乎年年总是如此
似乎只有在经过一片坟坡时
才会猛地陡起一阵恐慌
一下子就捅破了
安稳妥帖的寂静
一下子就把人推到流星的位置——
就像此刻
擦肩而过的星火,又把我领到了这里

原载《绿风》2016年第4期,入选《2016中国年度好诗三百首》(暨南大学出版社)

# 群山呼啸

1993年的群山迎面扑来
我们坐着敞篷车,从县城中考归来
白天在考场沙沙走笔
住宿宾馆旁的电影院夜夜喧响
让我一路多么恍惚

每次我一睁开眼睛就是群山
从身边退去,又迅速迎来
群山像一座接一座的坟墓
哦不,群山 呼啸
缭绕着新的迷茫,立起不同的标高
不知道迷糊了多久
不知道睁开了多少次眼睛
不知道要在哪一座山前停下来

那天我们停下来,月光照亮了群山
我们坐在乡村中学的宿舍里
平生第一次吃方便面
说着更多不知道的事物
我们不知道的

多如群山,而群山如星宿
这一生,群山总不停地把我们带远
又不停地把我们带向群山

原载《飞天》2019年第6期

## 给夜晚开一扇窗

多么安宁的黄昏
我背着柴火回家,堂屋里新添的煤炭炉上
正涌动着小米粥的香味
母亲又泡上了我拾柴时捡回来的松菇
父亲在院子里打着煤球

那种黑色的,蜂巢一样的煤球
烧红炉膛时,我觉得连空气都簇拥着暖润的甜味
"放学后就再也不用拾柴了"
我和耗子兄弟在屋子里疯得像过年

但破空而来的哭号,让第二天的村庄
黑得和煤球一样
地主家是真疼孩子——
竟把我们晚上都舍不得用的炭炉
偷到他家孩子的西屋,耗子兄弟暖暖和和
睡到日上三竿,却再也没有醒来

"真是作孽哟……即使再冷
即使在天堂,也别忘了给夜晚开一扇窗"

父亲指着我家那个能容一人爬进爬出的窗户
红着眼睛教育我们,那时我多么悲伤
破窗而入的天光,照耀着触目惊心的灰尘

**原载《飞天》2019 年第 6 期**

# 星星草

梦到大水,梦到大水冲了龙王庙
梦到绵羊,绵羊脱了缰绳

醒来,惊坐
抽刀
断水
都没有阻止那场突来的横祸
除了痛哭流涕,除了一屁股抵命的债
就是天作屋顶
一个女人蜷缩在马路牙上,抱着她的孩子
一夜又一夜
数天上闪烁不定的星星
数一片曙光诞生的黎明

　　原载《诗刊》2015年2月号上半月刊,入选《2015华文青年诗人奖获奖作品》(现代出版社)、《2015年山东诗歌年鉴》(中国文联出版社)、《山东诗人60家》(中国文联出版社)

## 黑镜框里住着一位熟悉的陌生人

一张转过来的脸,我依然只看到一半
另一半,隐入黑暗之中
而眸光如鹰隼,仿佛要嵌入历史
她渐渐消失在我们中间
没有弄出一点声响
仿佛只是用腹语来暗示
救赎或摧毁,与我们秘密地较量
我看着她水波样的额头
一条河拥挤在漩涡里
沿着褶皱渐入落日,她走得非常干净
仿佛她从来都没有来过这里
也仿佛从来都没有过她
更没有我们,为她纵情
也没有她,拉过我们的手
只留下一个黑洞,镌刻在心脏
供日夜承受和忍耐,我们
只愿忘记,却一次次经历
天空依然宽阔地收纳着落日
并用光芒送出流星的情意

原载《星星》2016年5月上旬刊,入选《2016年中国诗歌精选》(长江文艺出版社)、《2016华文青年诗人奖获奖作品》(吉林大学出版社)

# 试金石

至亲在云南试了一湾浅水,她运回的他
成了牌位上的神
他出神的时候,她才能够活回来

至爱用车灯试了一个女人的骨盆
他取走了她
血光降临的寺院,木鱼是唯一慈悲的爱人

当她一口气就喝完了他一辈子密制的
酒和砒霜。天终于离开地了……

欣喜而绝望的人,请用滚滚而生的瓷
继续试探,我残存的爱吧
除了用盐腌制一个人
作为大海的重量,一波波水柔情又汹涌地
环拥着我们

穷其一生结晶析出的一块块碑

原载《诗刊》2017年10月号下半月刊

# 战 栗

此刻我战栗是因为爱情
两只刺猬已将尖利刺入彼此的身体
而不是蝴蝶动用饱含罂粟花蜜的尾部

此刻我战栗是因为生活的榻上
狡兔三窟。被温柔之乡养育过的神经
一觉醒来,就不停地喊饿、喊渴

此刻我战栗是因为至今仍买不到一所房子
收容这颗战栗的心,它和你共振
画梦,品茶,对饮,安放倦怠和自由

此刻我战栗是因为我穷尽焰火仍然没有说清
这战栗的活着 —— 词不尽意
给活着:太多留白、太多烧不尽的余灰

此刻我战栗并不是因为刺猬、狡兔
这些略带异类的暗喻,它们多么无辜
这的确是因为我僵持在波浪形的巅峰混乱里

每活一天，都忍不住战栗
忍不住疼痛、痴傻，忍不住要赴汤蹈火
像专为你备好的那么迷人的呼吸，或雾霾

  原载《诗刊》2013年12月号上半月刊，入选《"青春诗会"三十年诗选》（作家出版社）、《山东作家作品年选（2013）综合卷》（作家出版社）、《2014华文青年诗人奖获奖作品》（漓江出版社）、《山东诗人60家》（中国文联出版社）

# 逃遁之诗

逃出爱情,逃回故乡
一条河多么清澈、安宁,它安抚着
支离破碎的骨头,却抚不平自身的波澜

逃出阴影,逃进虚构的远方
沉默,吃光了梦的光泽,失重的脚步
依然平衡不了,压弯的地平线

逃出欲望,逃进医院
除掉无常的胚芽和那些装死的利齿
柔软的波心,并不能挽救人群那坚硬的群山

逃出关山,逃进一首诗里
这发光的颗粒,仿佛苦行僧的宗教
正用千军万马调配灵魂的亮度

而当灵魂出窍,逃出肉身
亲人啊,即使遗世逃名老,残山剩水身
那些哀伤与欢喜,归去来兮
依旧顺应着逃不脱的轨道,在殊途同归

  原载《诗刊》2015 年 2 月号上半月刊,入选《山东诗人 60 家》(中国文联出版社)

# 去往各自的路上

上次，我在这里看到他
突然摔倒在正午的阳光里
他迅速爬起来，幸好车后背筐里的
外卖看起来完好无损

也是在这里。还曾掠过一个高挑的背影
酒红长裙在阳伞下令心魂儿荡漾
待她转身，天啊
她用灼损的半边脸，大方地看着我
让我有浑身发抖的战栗

就像今天，我躲在一家店铺的前檐下
喘息，暴雨总是突然而至 ——

暴雨总企图砸碎些什么
一圈接连一圈，荡起打不破的涟漪

鱼贯穿行的人们，沿着南关大街
每个人都走在去往各自的路上
没有谁想看到泪水

川流不息的车水马龙每天雨水一样汹涌

—— 在上天打碎的镜子里
竟藏着这么丰富又神奇的生机

**原载《西部》2020 年第 3 期**

# 蝉　蜕

它们在油锅里，动一下
再动一下，我的心也跟着紧一下
再紧一下。是煎熬，焦灼和穷途末路的挣扎
拖着失明的复眼，失声的响腹

相比之下，它们在地府生长的早年生活
在黑暗、逼仄而潮湿的空气里
一度被根滋养，被希望灌溉

一旦歪歪斜斜地爬出厚土，这光明顿现啊
但很快，一场金黄色的盛宴
以饕餮之势，在等待它们——

噢，就是那些金蝉脱壳、攀上高枝的
灵类，金风玉露约等于同伴的血肉
它们道貌岸然地嘶唱着：知了，知了……

略带一点"劣根"的亢奋
那么聒噪，又那么警世，但请知道
金蝉子总在成佛的路上，施善施德，作光的修为

原载《诗刊》2013年12月号上半月刊，入选《山东诗人60家》（中国文联出版社）

# 在 B 超室

她说她肋骨隐痛,那正是昨日
他曾紧紧拥抱的天堂
她说她想咳,却总有一种咳不出的东西
黏稠、咸涩,窝在深处
像一块不可救药的肿瘤

果然,我看到她那只被切除的乳房
一块触目惊心的疤痕,安静地躺在
她空荡荡的右侧,仿佛是在代替他
爱情走得太远了,但她还得继续活着
替他在坟前烧纸
替他照看另一个酷似他的毛头小子
未来是一片模糊的影像

而回忆,就是脚手架上那片突然到来的阴影
这阴影,让他真的来不及呼救一声
就突然踩空了,就突然破碎得
像从她身上割除的一摊血肉

现在,那片阴影正努力聚合着

向她靠拢，"已扩散到肺部 ——"
医生手持探头，沿她的肺腑，继续探检
"胆囊结石，重度肝硬化"

当肝胆不再相照，我看到她下意识地给自己一个微笑
美丽的，就像蛤蚌用疼痛与泥沙密制的珍珠
从幽暗的遮蔽中，慢慢退出了 B 超室
退出了人们的视线，消失在远处

　　原载《诗刊》2013 年 12 月号上半月刊，入选《2014 华文青年诗人奖获奖作品》（漓江出版社）、《山东诗人 60 家》（中国文联出版社）

# 陀螺的秘密

靠鞭子的风暴不停驱打,它瑟缩的身体
这是我小时候在冬天院子里常玩的游戏
它泄露给我,陀螺最初旋转时
近乎残忍的秘密

但现在不。它需手指轻拈头顶的轴心
先后退三寸,再向前七分 —— 捻
像伟大的指挥家,轻轻放手 ——
给予它成活的动力,也给它自由

它靠旋转活着,旋出最美的舞姿
旋转是下一次旋转的生旦净末丑
这关系着陀氏家族的生存、荣辱
陀螺每一次转身
都隐藏着潜行的暗流,不可预知的摩擦

我把这些秘密,说给了一个和我玩陀螺的孩子听
之后。她无师自通
把漂亮花纹贴在她玩的陀螺面体上
把硬币装进我玩的陀螺体内

——你可想而知,她轻快美好的旋转
瞬间就把大腹便便的我,打得落花流水
这使我们似乎都忘记了,两个陀螺计件
售价五毛钱,还有更多不值钱的
陀螺者,卑微的
像命一样,堆在市场等人去启动

原载《诗选刊》2013年第2期,入选《2013华文青年诗人奖获奖作品》(漓江出版社)

# 赶时间的人正赶着一辆牛车

缓坡上,这个赶时间的人
正拖着一辆牛车,牛蹄深深地陷进了泥里
牛眼里大雨滂沱,牛车上满载的不可名状之物
倾斜着,就要倒出这一路
沉重,缓慢和焦灼
也许再赶一程,命运就能挣断了缰绳
但真的拖不动了,这个大汗淋漓的人
自语着,就把自己放倒在山坡上
他大口喘气,大口倒咽着凉气
在茂密的雨丝里,他也曾投入过另一场
巨大的战役,像个孤胆英雄
占卜一样活了下来
现在,他浑身冒着热气
蹲在路边,像一座喷气式冰山
一个老人笑盈盈地经过他
一个孩子背着书包朝他扮了一个鬼脸
一个失业的青年,一辆奥迪,一个教师
似乎都看到了他冰山的一角
但千真万确,每个奔赴的身体里都拖着一辆牛车
人们就要把他看化了,他无非是一个残喘吁吁的

存在。好吧，等他缓过神来

他将从这个山坡消失，再缓缓出现在另一个坡地

原载《山东文学》2016年10月刊（上）

# 歌　唱

灰色的路在零下十摄氏度的寒风里
和车流一起歌唱，奔跑的运货车上
还有一个老人坐在运载的圆木上歌唱
他的歌声仿佛气流，让我微微发颤

我惊讶他从圆木里摇摇晃晃直起了腰
双手不停地比画，大声叫喊
那喊声冲出歌唱的乐音
突然陡峭得让人惊恐不安

货车终于放慢了速度
他也抱着头趴在圆木上，像另一根圆木
在过限高桥涵时紧紧地缩成一团
我庆幸他完整而光秃的脑袋
还生有一团警惕者的火焰

接着我就听到他的歌唱
从黑洞洞的桥涵里传来，像曲曲折折的波浪

原载《作家》2019 年第 3 期，入选《诗选刊》2019 年第 5 期

# 夜　宴

八面玲珑的主
来吧，我们小口小口地吃，把一只羊吃得很艺术
既看不见刀子，也看不见发绿的眼神
在月光下忽闪逡巡

觥筹交错间，有人说到哽
我就哽在了喉头与肋骨之间
既吞不下，也吐不出。恍惚间
我才惊讶自己早被涮进了锅里
筋骨不停地在沸水中翻滚
肉身在食客的食指与箸间
战栗着，被撕票

而对此，我一无所知
人们总是赞美我，是天上下凡的棉花云
还有人赞美我，是温良沉默的劳动者
而猎人却在失眠的黑幕里
默念我，算计我
——有人让我死时，我就不能好好活着

但是,我不能霍霍地被穿肠而去
也不能淑女一样却残忍地吃掉自己
我要离席了,但更奇异的事情发生了
我抽身离去时,原来的座席上居然还端坐着一个我
谈笑风生,姿态优雅

 原载《山东文学》2012年2月刊(上),入选《诗选刊》2013年第2期

## 拓碑者

那么久远,那么多刀雕斧琢
时间的颜色、纹理,风的无边低语和沉默

墨,从不同的碑上
纷纷揭开纸张,拓印的灵魂
凹入碑的乌金——

像点亮残破时代的灯盏
清晰的,模糊的,或消逝的
仕女,飞鸟,瑞兽和一粒粒汉字
便纷纷从碑刻、墓志、瓦当和画像石上走来
列着队,要走到明天的墙上去
像光一样继续生长
梦想的灰烬或者胎身

所有终结者的新生灵魂
将再次附着在后来者的舞雩台上
诗一样,被风轻抚着四处朗诵

原载《扬子江诗刊》2020年第1期

# 转　场

对不起，这一次我动用了拖布、刀铲

还哼起了愉快的小曲，最后却忍不住动用了愤怒

动用了刮、削、割、伐等绝句

动用了纺织工人新织的白布

但我并没有把楼梯上新覆的白灰除净

就像我不能清除那些面具、妆魅和毒素

万物总不肯轻易向我们交出本真

和那颗无限眷顾我们的心

任你穷途挣扎

任你以泪洗面

任你趴着跪着

逼仄的夹缝泄露着天空暗蓝的面孔

我们早被损毁成一块不堪的抹布

但那条梯道却一直在旋转着上升

它升到2000米的时候

它就是高原上茂盛的植物，就像梦想

拥抱着静美而艳丽的盛年……

你必准备足够的艰难和眩晕才能接近她

抵达她，就像上苍轻轻将纳木错湖含在眼里

把她汪成一泊上帝的眼泪

为了保持这样的纯粹
她在俯视人间4700米的高度
是的，为这痛彻心扉的尘事
只要人们轻轻低头，神就忍不住落泪

**原载《扬子江诗刊》2015 年第 2 期**

# 你爱的苹果你爱的平衡术

我担心的苹果，正鱼贯着从倾斜的篮子里
散落，恰到好处地散落……
在桌布陡起的悬崖上。哈，这些危险的、悬而未落的苹果
在这一刻的支点上，是平衡术？
让它们和周围保持着，普通而恒久的联系

但亲爱的塞尚，后继的塞尚
有时候我需要你，像圣维克多山一样
持重、遒劲有力，立在我这儿
先吃掉这些苹果吧
再拿走这些惴惴不安的空气，请拿走
维系我们若即若离的这些模糊不清的
骨架、玄机、伎俩和框子，哦这一纸所谓的关系
在空茫的眼前，不仅仅是

行为私闯了公约，爱平衡着不爱
五颜推涌着六色，梨子取代了苹果

该落的就尽落了吧
碎了的就让它碎了

那只一直在玩纸牌的手,只需轻轻一摊
是的,你看到了真相

  原载《山东文学》2012 年第 2 期,入选《诗选刊》2013 年第 2 期、《2013 年中国诗歌精选》(长江文艺出版社)、《2013 华文青年诗人奖获奖作品》(漓江出版社)、《山东诗人 60 家》(中国文联出版社)

# 极不平静的一年即将过去

在令人发慌的日子,你看
神色匆忙的人在石灰路上忙着
寻找自己的精神胜利法
路边小餐馆的桌子上还残存着昨夜的污渍
冬天的暖阳照在人们身上
看吧,人类的全部疗法就是希望
梦想鲜花店的玻璃橱窗
蒙着一层纱质的梦幻
玫瑰总绽放在人们踩出伤痕的地毯上
每天路过的小湖吹在风中
闪着动荡的光泽
一个孩子走得跌跌撞撞
柔软而独立的人看千帆过尽
皆留下各自的美好
这极不平静的一年即将过去
我不再羞愧自己的平凡
一个人活着就已经非常高尚
鲜活的生命高高在上
是在追寻飞升向上的烟火
即使苦闷的爱

也自带一种沉潜的力量

被局限的烦恼即将消失于共情

被暴雪拍打过的鸟儿也扑棱着受伤的翅膀

向着万物的天空振翅飞去

**原载《诗刊》2021 年 4 月号下半月刊**

# 冬藏诗篇

恰是冬藏时节,世界只留下
它喜欢的。我喜欢的月季花朵
还缀在脱去叶子的枝茎之间
茎上细密的小刺
也变得苍黑又迟钝

万物一定在白露为霜的北方
哭泣过
人间冷雨落尽,便是晴好

金黄的落叶如同葵花,在风中
发出脚步摩擦小路的声响
光秃秃的枝干向天空挺着倔强的骨架
我惊讶地发现它们
腋间深藏的蕾朵和叶芽

仿佛永无止息的爱和忍耐 ——
还要经过雪藏的时辰

云雀获得宏阔的天空

苦痛获得冰释雪融的繁花时节

*原载《诗刊》2021 年 4 月号下半月刊*

# 我们将一直同行

一直被黑夜追赶
但今天,我并不知道要到哪里去
空气里挤满金色的孤独,如影随形的
劳累和汗气,点亮了红灯和绿灯

我们一直在这里
被照耀,或躲在颀长的影子里
从兴隆小镇,一直走到梦幻的心脏

那些从众生里寻得的
温暖和安宁,钥匙和门环,腐朽与刀刃
我们正隔空交会,因为爱

我们一再重逢,但我终究没有想起
一个我深爱的面孔
模糊的存有一万种生动的具象
每一种都痛彻心扉,每一种都要落地生根

就像空气里荡漾的金色波纹
正用老去的肉身款待灵魂的清风

我们终将消失在火焰之中,在这条路上
我们将一直同行

**原载《诗刊》2015 年 2 月号上半月刊**

# 辑三 成为光

# 炉 中

煮粥时你突然听到
沸腾的水翻卷在壶中
呼叫着,奔腾着,冲突着

顽皮的,不安的和英勇无比的
都变成了蒸汽
飘作空中的神马和白云
那些沉降下来的
在养育胃口和欲望
大的如南瓜,小的如米粒

读书的孩子坐在屋顶上
她惊讶于看到的世界
突然变远了,远在想象之上
一切都在为最神奇的魔法添油加醋

你不断翻着炉中,越来越旺的火
火蹿出了炉子
这一生我们都在朝着火奔跑
最后是烟,最好的是光

*原载《绿风》2020 年第 1 期*

# 迎风泪

走着走着就忍不住流泪
逝去多年的外婆又来到我的梦里
而杏子青涩,母亲却在桥头向我挥别

走着走着就忍不住流泪
亲爱的孩子不再抱住我的双腿,书包压在肩上
小小的身影沿着长路独自向前倾斜

天早就黑透了,上班的人还走在路上
放学的孩子是在邻居家吃了晚饭
还是又在助教家等不及了

走着走着就忍不住流泪
但已经来不及了,说过爱我和恨我的人
已经消逝,在正在消逝的茫茫人海

假如有一盏灯还等在世上
等待的灵魂就有可归依的屋檐

走着走着就忍不住流泪

有时候落在脸上
有时候如刺在喉
有时候又滚落回肺肠

走着走着就忍不住流泪
风吹或不吹,我的眼睛里
都蓄满了风的波浪,摇荡出不可预测的形状

  原载《山东文学》2016 年 10 月刊(上)

# 一滴泪在寻找它的光

在茂盛如海的花树下哭
终于擦肩的青春和错置的爱情

在人间的萧索里哭
掸去眼中深埋的灰尘

到提前选好的坟地里哭
活着的永恒而不朽的孤独

想哭,就来人群里哭吧
为提取不出来的自己

一个人沮丧地哭,衰败地哭
卑微而软弱地哭,撕心裂肺地哭
沉默不语、无可奈何地哭
无辜地哭,无端地哭,忍不住地哭
像英雄一样低着头,在小路上、在夹缝中

放过倔强、扭曲的火
放过尚未燃尽的灰,放过火钳上的

也放过失去的，放过万物终将成为的落叶

只有哭过的天空
一切依旧，还是刚开始的样子
还有明晃晃的光在等着，一个又一个落难的太阳

  原载《山东文学》2018 年 4 月刊（上），入选《2018 诗歌年选》（江苏凤凰文艺出版社）

# 摆 渡

我停下来，看着眼前的海
汹涌，惊涛拍卷着礁石和流沙
仿佛要把一切裹进去

舟楫如树叶，我看着它们
在顺水里摆渡着别人
在逆境里就摆渡自身
沉重的船体咬着吃水线切开风浪
生出路，吞下更大的风浪

在茫茫人海里望着边际
我是被打沉的那个
更是被滔天巨浪扶上云头的那朵

原载《作家》2019年第3期，入选《诗选刊》2019年第5期

# 蜘蛛人

必须兑换足够的气和力,被秋天悬挂的人
不是雨水,却像屋檐雨
从楼顶垂下,两个粉刷工
坐在绳子和木板支起的小凳上
像两个蜘蛛侠,其实更像吊死鬼
吊在半空,何况还背着水泥桶
一板一眼,涂抹着白
在悬棺之上

必须捏住心跳,脚踏死神的人
高天升进蓝里,命运降入水平线底
鱼需要屏住鳃
呼吸窘迫的人不宜提及雨和水
最好远远地,浮现空中

但我还是担心啊,那些雨若真的来了
这两个小黑点,就真的成了吊死鬼

  原载《诗刊》2009年2月号下半月刊,入选《诗选刊》2010年第2期

# 无形的抽鞭人

一路急奔,她不停地提速
红灯停时,她才停下来喘几口粗气
下一段陡坡
她将加快冲下去的速度

春风四处浩荡,鸟语啁啾
似乎早已经和她无关了
却总有一个无形的抽鞭人
不停地鞭笞她。但又似乎不是
这尘世美好如一场灾难

必须承受雪崩的绝望和极昼的希冀
这个满怀祈盼的人
常因沉重的心事难以前行

直到她精疲力竭赶过去
那个被疾病和困窘反复折磨的
奄奄一息的人,她再也看不到了

一个跌坐下来的世界

终于使人缓缓地恢复了平静

原载《山东文学》2019 年第 7 期

# 落　日

它剩余的辉煌,把夕光的长针
深深炙入人们的眼睛
道路上满铺着黄金
和它的灰烬

这是明亮的时刻,但不是最后
这是温暖的时刻,但不是最后
在下一刻,它是辛波丝卡的海参
在危险中 ——

"它暴烈地把自己分成一个末日和一个拯救
分成一个处罚和一个奖赏,分成曾经是和将是"

到底,你爱不爱它
到底,你爱不爱我
已无关紧要
我将像你一样,坠入它预设的深处

足够黑
足够光明

足够喷出世间的隐喻和神启
正如足够我们活着，在它转身时拖曳的灰长裙里

  原载《华语诗刊》2016 年 1 月 29 日，入选《2016 华文青年诗人奖获奖作品》（吉林大学出版社）

# 雨落黄昏带来更硕大的灯花

雨落进黄昏,无数模糊的雨线
更加模糊了眼前的黄昏
一个用背狠抵着黄昏和大雨的人
缩着脑袋,弯着腰身
雨水正从头顶顺流而下
这一生仿佛要顺从于流淌的无情
却又狠抵着时光
执拗于不懈地行走
在漫长的泥泞和黑暗之中
仿佛一生都是这样
我打开车灯,微弱的光
只为摸黑的人能看见我
一个和他一样的赶路人
也为夜行的蝙蝠能飞进荷马的梦境
道路完全黑下来的时候
一团团硕大的灯花
拖着毛茸茸的光圈
开在汽车和路灯的眼睛上
虚茫茫地亮着寻找者的眼睛

原载《中国诗歌》2018 年第 1 期

## 天黑后

天黑后，云朵在林边
踱着小步，我不再到密林深处去
漫长酷热的夏天过去了
树林里铺满了青青黄黄的树叶
蛐蛐在月光里浅吟低唱
汗水曾从我的脖颈和脊背淋漓滴落
埋进泥土里的
有的生根发芽，有的长作腐殖的蘑菇
落进虚空里的
有的积郁成疾，有的生发成气息
不可名状的暗香总是突然而至
—— 到处流荡，是的
时间的味道 —— 我们都无法拒绝
天很快就会亮呢
林中很快就会落满白雪
万物也终将从融掉的死亡里站起身子

原载《诗刊》2021年4月号下半月刊

## 星空下散步

星空下，秋虫在脚步里叹息
梦想的酵母催落了花朵
我摘取的果实生有不完美的虫眼
但我喜欢它们，仿佛隐喻
容留并宽宥
对隐秘现实的洞察
恰似我们置身夜晚平静地漫步
闭上眼睛，我就是一缕空气
融化在空气中
像是消逝和不复存在
之后我又长出了眼睛、耳朵
发出了鸣叫，像一个广阔的存在
滤洗着悲喜
黑夜穹顶的钟罩形筛子
一次次筛掉我们，又扬起梦中星辰
在血管里艰辛却甜蜜地搏动

原载《诗潮》2021 年第 6 期

# 灯

灯火斑斓里，我也想制作一盏灯
只想在人约黄昏的时候
能够照亮一角暗淡下去的小路
照着我们，拐过一个又一个弯子

也照着白日梦，仿佛永恒的光明
把一个个漫长的白昼变成抵达的桥梁

它通体透明，盛满了不竭的光亮
仿佛无私的引路者
在一生的迷宫里，唯有我们能够点亮它

它长明不熄，玫瑰似的火焰
燃烧着爱，作为永动之力
它以过去为心脏，泵出未来的血液
每天完成一个循环

它不固执，更不机巧
它有的只是光，散发着光
为着我们，为所有需要光亮的万物

成为我们的生命，莫逆的患难之交

原载《青岛文学》2021 年第 10 期

# 日光一直绵延到峰顶上

日光转身落在它的阴影里
我坐在树下,看猫狗
为一个线团争吵。我们也有一个
缠绾着无法厘清的线团
针插在里面
掩藏着大象穿针的忧伤
被扎出血的手指还要
在生活的布面上灵巧地穿针引线
男人、女人,老人和孩子的衣衫
在洗衣机里滚搅着
洗净,又晾晒
在同一根捋直的绳线上,不同的人形
又染上了阳光的芳香

远处,山河紧挨着山河
日光,一直绵延到它们的峰顶上

原载《山东文学》2019 年第 7 期

# 我们提取了光的梦

暗淡无光的时日
我却仿佛和神搭建了一座桥梁
向佛借来了佛光

真庆幸每天都往来于这样的殿堂
写诗如敲木鱼
读书如打坐,红尘超度

落下的银杏叶子,与铁树开花一样
幸福和悲伤
无非是光线投影的两个鸟巢
我的果子们,从秋天开始逆着生长

我从老妇一直长成了少女
当然,和原来懵懂无知的少女不同
一望无垠的澄澈和纯粹
是我用一生勾勒云海和星辰时的最初模样

即使世界依然
落在破碎的镜子里,但又多么圆满

它不增,也不减

在有氧的呼吸里活着,我们提取了光的梦

原载《西部》2020 年第 3 期

# 是风带动了光

所有的渴望都在这里
绝望。一批鲜活的词、舍利子

是我命运的一部分
命运。在蛋花汤里加了超量的胡椒和盐

而悲伤如酒,不必担心我强壮的胃
生活把一个人分成了三头六臂

灰尘一样忙乱,分娩一样撕裂
新愁一样怜悯自己的恐慌、人群的焦灼

早就知道一条黄金定律套牢了始终
感谢旧又把新埋进了新坟

你的喜悦、惊讶、乞求、爱欲和战栗
全是无效的药汤,我在这里安命定居

摆弄着穿胸而过的雾、霰和日月星辰
是风带动了光,每天挑旺我的心

我在这里生,亦如在这里死
我遽然经历的,也是你正承受和经历的

  原载《星星》2016 年 5 月上旬刊,入选《2016 中国年度诗歌》(漓江出版社)

# 当光点在一盏灯上

在空旷里高喊一声,就有一声回应
一个人喊着喊着就喊得泪流满面
当光点在一盏灯上,就点亮了万家灯火
它只管领着我们,往灵魂深处走

来自云上的姐妹,蚂蚁和云雀鸣禽
来自微星的兄弟,茅草和八面来风
我们把灯笼挂在天空的屋顶上
背面是雪光皎洁的山,对面流淌着声声慢的河

白菜、萝卜、粗糙米,野花和牛羊嬉戏
草叶上有颤动的神灵,露水上悬荡着瞬间的永恒

没有兵器厂和枪炮手,只有人们老去的骨头
没有时间也没有规制,众生和死亡一样平等
人们手持雪莲围着篝火,跳舞和祈福
用河水中那个完全颠倒的世界,祭祀与避邪

天和地的镜子里住着一片遥远的苍茫
在俯仰之间,我们劳作

我们守着泥土似的爱人，万物生万物皆慈悲

原载《西部》2020 年第 3 期

# 仿佛这一切都构成了隐喻

从布满蛛丝的角落,她捡起两张照片
一个男孩和一个女孩的
眼睛里荡漾着清澈的湖水
风吹起发皱的波澜,一层推着一层
仅仅是一恍惚的瞬间
一张照片从空中,打着旋儿
已不知所踪,这样的时刻令人心疼
桌子上景泰蓝的花瓶
不知什么时候已留下一个更大的缺口
锋利的瓷碴犹如剃刀
向天空摊着狼牙形的豁口
斜在里面的桃花粉夭夭的,却沾满了灰尘
为了保持某种完整的样子
她不厌其烦地给它们清创,洗尘
在影像室里还原他们,貌似圆满的故事
现在,所有的缺口一律向里密封
顺着光从外面看去,一切依旧鲜艳而完美
每一天的月亮
都像一面信誓旦旦的镜子,反着多重的光

原载《诗刊》2016 年特刊

# 蓝　焰

我知道你心脏的砧台上正烙着一块

刀形的生铁

它沉重、忐忑，持久地占据着你

它每翻滚一下

都会灼起一片尖叫的火花

真像那场猝不及防的劫难

你逃避不了

你躲藏不了

你不得不用心跳迎承着，一下一下

你锤打它，就是要反击它

你举起它，就是想熔化它

但一下比一下更加艰难

一下比一下更卓绝有力

是的，不是你被它消灭

就是它要被你消化

在通向梦幻的沟壑里，千顷幽蓝的火苗

擎着血红的舌头舔舐着奔跑的人群、莽原

就是为了让我们像泉水一样重新翻涌

每一个自己，都是一道新生的光电

在淬火的排浪里，生命的

每一次重塑，都是用苦痛和悲怆在较量的

那块生铁

在锻打一场烟雾,那雾中包藏的火焰
过去我把它叫作生铁
现在我叫它蓝焰,并给它插上了一双鸟的翅膀

原载《山东文学》2016年10月刊(上)

# 用一个世界告别一段悲伤

你用一只眼睛看到了另一只眼睛
鹅卵形的思想
孵化的月夜,梦境,五光十色的胶片

你看到云朵翻涌成大海,一切
仿佛都落在缩时摄影的长镜头里,人群涌来
又快速消逝,而种子从花朵里弹射出来

风里流转着风的女儿,内心流转着衰草和野火
祈祷和忏悔,从教堂的尖顶流转开去
流转,让风流不朽

你看到门外的门,虚幻之外的真实
一只发光的蝴蝶,把翅膀上的光芒倾泻下来
让你也成了一道光,你生着光

但你不是上帝,也不是佛
你无非是卸下了一段悲伤,用一个辽阔的世界
弹落一段烟灰,像完成了一种仪式
在一个风声鹤唳的时刻,像神一样睡着了

原载《诗刊》2016年5月号上半月刊,入选《山东作家作品年选(2016)综合卷》(泰山出版社)

# 春山在望

我感到几个我,正在冬夜发芽

茂盛的根须如怒发

冲冠:富足、张扬又隐忍

一个想挣脱了生活局限

只为自由和美奔去

一个痴愣呆傻

沉溺在不可自拔的默哀里

其实没有谁死去,更没有谁能逃出

我一直隐没在多重的隐身人中

像一组矛盾体

一座废弃的灯塔

立在广袤、荒芜、无边无际的生机之中

一个世界泥泞的画像

仿佛牛头马面驾驭着一个人的身体

灰雁正迎接它的沼泽

它的叫声清越、响亮

而春山在望

山谷张大惊讶的嘴,始终向着未来开放

原载《诗潮》2021 年第 6 期

# 奇异的反光

一些恒常的事物,诸如果实
诸如花落,从镜中带来恒久的隐喻

仿佛奇异的反光
在一条透明的河流描述人类的花纹

已知的寓言还在丰富我们
像光,穿过现实之体步入虚无
又不似虚无
它那么明亮,让眼睛雪盲

它说了些什么,用奇妙
而必使我们亲历一生才能知晓的密语
让树叶垂落,引春天蓬勃向上

这必经的历程,也必为你
所动,像凡间心胎
可以捕捉,又不断地娩出一个新生世界

原载《作家》2020年第5期

# 光，总不期而至

我想要光，光便来了
昂扬的光，金手指的光
从云朵的尖顶教堂倾泻而下
穿过乌烟、沼泽和丛林
沿逼仄的夹缝
突然涌来的光
照在我身上
让一个人也像一束小小的光
小小的光源
穿过泥沙俱下的险滩
光常常这样，在最黑的时辰
光用它自身
突然就点亮了
另一些像光的星群和濒死的灵魂

原载《中国诗歌》2018 年第 1 期

# 成为光

光,还代表着
一无所有?发现这个秘密
我差点成为光,落在阿多尼斯的影子里


—— 仿佛星辰从高处垂下
命运的两种开关:我们的一生
都在解读:光 ——


关于"是"和"否",我们凭什么在乎
这些:照亮天空的道路或者过眼云烟


好比我们晃动在一架单程吊桥上
享受忐忑行走的眩晕
或者滚落下去成为流水


穷尽一生,历经无法把控的命途
破碎的,任其消失
完整的,交给月亮、太阳和每一天的阴晴圆缺


这一天,我们坐在弯弯的月桥上

抚摸着兔子温柔的绒毛
把一架电子钢琴弹奏得恍如行云流水
快乐的光,正眷顾着我们的每一天

原载《扬子江诗刊》2021年第6期

## 未完成的交响

命运这艘魔船,一直不停地试探
我的深浅,而天高地厚
要引领我 ——

我在人间疾走
天上雪花加冕,风暴潜伏周身
不错,我们又侥幸逃出
一场接踵而来的车祸
在另一些不测与困厄到来之前
真想卜一卜未来
除掉眼角的泪痣,但我已倒不出
眼泪,恰如已流不出蜜

除了怜与悯,像两只空洞的眼
如苍天垂怜一切
除了死能终止一切
但我还有未完成的交响 ——
仿佛光,胜过死
仿佛雪,等待落上一条路的脚印

原载《青岛文学》2018 年第 11 期

## 我将用复述你的方式赋格这一生

仿佛古老的悲哀飘了一地
但落叶的火焰旧日一样温暖

握在我的双手,干瘪却如同黄金
一生飘在风中却从无止歇

穷尽人世可能:不要命的
绿过、红过、斑斓而被洞穿过

我也将用复述你的方式
获得这一生的痛苦和欢欣

在混乱的风中,幻想有铜墙铁壁的爱
结我的种子,再从容地跳进火焰的灰中

在霜雪峥嵘的时刻
在万物向上而我渐渐完成自己的时刻

露出天地之胸中盛大的辽阔
我走进了秩序,树叶又振响新的号角

原载《作家》2020 年第 5 期

## 我们仅隔着一面镜子

事实上，我们正美妙地发生着某种关系
洗浴时，我看到你就在我对面

身上披着一层水雾，在雾气弥漫里
我看不清你 —— 而我找你那么久了
你若隐若现，投身在一面镜子里

但我知道，你有悲天悯人的心肠
上帝的身份，上帝的面庞
上帝的痴情，魔障般的征程

我们隔着十万里雾霭，但我知道你就在我面前
当我伸手去擦镜子里的你，多么神奇呵
你脸上的雾气，瞬间即化成了泪痕

这些因爱而呼之即出的珍珠，滚落着
滚落出镜子。你一定也读懂了我这颗滚烫的心
一场辽阔的爱，让我们无限接近
无限接近于一种真理，一种传说

情到动人处,我伸出双臂去拥抱你
而你却消失了 —— 雾气消失了,珠泪消失了
现在只剩下一个我,只剩下一个人

在饱经洗礼之后,在无限阔大的水银镜面上
像一朵出水莲,或者像一万朵出水莲中的一朵
直到我也消失了
只有无限涟漪,无限寂静
在一个无限良美的世界,旋动一扇神秘之门

　　原载《诗刊》2014年8月号下半月刊,入选《山东诗人60家》(中国文联出版社),获2014年"中国第二届网络文学大奖赛"诗歌奖

# 私　语

把音频调低，仿佛雨滴敲打
幻想的呼唤，原来孤独是戴着桂冠的狐狸

什么都无须再说，即使温暖或者寒凉
接下来还会发生什么

踩着影子的人，反复奏演欲言又止的曲子
叶子一直黄成了金子

就这样打着哑语
我坐在遥远的对面，猜你的哑谜

回忆和欲望，仿佛恋爱缤纷着寂静下去
但我们并没有缠绕成梦藤上的痴鸟

却像无花果止住了我的悲伤
却像一只手轻轻拿走了绝望的小刀

一切已淡如初烟
一切已美如初始

一个人沉陷在平静的波澜中,原来我
可以如此辽阔,仿佛星星闪动着浩瀚的微光

  原载《诗刊》2015年2月号上半月刊,入选《2015中国年度诗歌》(漓江出版社)、《〈诗刊〉创刊60周年诗歌选》(作家出版社)

# 辑四 辉光流转

## 每个人的身体里都有一座寺宇

香客向众神朝拜,我只面觐自身
我确信每个人的身体里都有一座寺宇
安放草木,鸟鸣,莲花,钟声和大慈悲
我确信破败的屋宇,也身怀朴素的佛光
此岸与彼岸,仅在一念之间

美在丑侧,善在恶旁
喧腾过后,即是无边寂静
红殇转身,即是盛夏的果实
青春燎红了原野,方有文火煨熟的年华
每个人的佛国注定,此起,彼伏

我本摆渡着绝色,向空
轮回。其间你看不到我
心存剧痛,用绝望之灰掩埋过无数的我们
这一生,我含泪微笑的事业就是用光
再造一座感业寺,供你爱上便誓不回头

原载《诗潮》2013 年第 6 期,入选《诗选刊》2013 年第 8 期

## 温柔以待

愿这一天没有纷争,没有炮火
每一个你都能找到另一个我

孩子在读书,热奶在祖母的杯中
站街的妹妹转过雾霾
黄昏在玫瑰花的对饮中迎来黑夜和星空

蝴蝶飞累了,就停靠在自由的肩膀上
谁爱得少一点,就被多拥抱一会儿
谁爱得多一些,就多哭泣一会儿吧

滚落回山脚的碎石,被踩成了道路
众神仰望的星辰,被托举成北斗

华灯燃尽的孤独,最终要回到孤独里去
这一天,我把肉身的头像更换成菩萨

愿脱轨的列车,热烈的电话
愿生猛的碰撞,动情的死亡
愿天地招摇合一,爱与不爱,都能被温柔以待

原载《草堂》2018 年第 1 期,入选《中国 2018 年度诗歌精选》(四川人民出版社)

## 咔嚓……咔、嚓

你不曾在意却又那么势不可挡，它轻轻
就将你吞下了半生

这幸福的火车，这甜蜜的冰裂
这物质的房子和车子，这半生积劳和坎坷
鲜花与巧克力 —— 这尚未完成的箜篌

突作崩弦，"咔、嚓"就是半生
悲哀的碎银 —— 在浑然不觉的撞折之后
痛可以一剑封喉，却挽不起魂飞魄散的流星

—— 死神啊，咬定了你
没有一个美好恒久的词能够阻止
一场飞来横祸，一场命定的空无
没有一辆火车，没有一辆固若金汤的坦克
能够避让 —— 但人生

每一天都在加长，咔嚓咔嚓……
它依旧轻柔地推搡着你的肩
百草和百神栖居的你呀，必将典当出另半生

来复活这半生的死去,只要你还活着

  原载《齐鲁文学作品年展2014》(山东画报出版社),入选《山东诗人60家》(中国文联出版社),获2014年齐鲁文学作品年展最佳作品奖

# 认识夜晚

黑暗终不曾饶恕我们，每一天
我的手上缠着一张不断翻新的网

就像今夜，我和女儿正玩的翻线游戏
而光线微弱，被织进无法结痂的事件中心

除了静坐这里，解一场刚刚缔造的死
结。日子弯曲着，还得一天天穿肠而过

命运为我们布道了纠缠不清的官司
我随时准备以死理赔，每个出乎意料的今天

在时间预设的判决尚未到来之前
静美穿着虚构的睡袍，忐忑、疲惫和惶恐侵袭了

生活最常态地活着。而我却听到了
多么奇异的声音，黑暗里吱吱的叫声——

来自笼中，我们豢养的狡兔，作为人类的
玩物，仿佛来自另一个自己，另一些

抗体,作为生存的证据
我和它红红的眼睛茫然对视着,恍惚划过

一道红宝石的光芒,旋即凝成琥珀滚进无边夜晚
"你把黑夜深深吸进自己眼瞳"

　　原载《齐鲁文学作品年展2014》(山东画报出版社),入选《山东诗人60家》(中国文联出版社),获2014年齐鲁文学作品年展最佳作品奖

# 不过还好

不过还好 —— 你还给了我
美、良善、宽容，大海和天空
幽深的蓝，虽然你带给我突如其来的劫难

但你还给了我完整的手掌、云端的大脑
我还能足够有力地活着，去爱
你赐赠的账单、煎熬，被伤害的花瓣和盐粒

但你还给了我微光荡漾的星辰，青杏味的幸福
我还眼睁睁地醒着
即便你给了我疼痛，没有火星的孤灯

但你还给了我一个人间的天使，相依为命的天堂
我这么意外地活着，多像温暖而柔情的诗章
虽然你一刻不停地亮着刀子、闪电、冷霜和嘲弄

但我凝神时就听到了你的心跳，沿着波澜起伏的血液
我一路摸到了你的额头，苍天
你不厌其烦地恩赐给每一个人，沧海桑田的命运

而这一切，也终将被你抹平 ——
并被我原谅。我们终将返回一朵花里
枕着巨大的寂静，葆有多么一致的呼吸

原载《诗刊》2016年5月号上半月刊，入选《山东作家作品年选（2016）综合卷》（泰山出版社）

## 我们盛大的幸福， 像一首刚刚诞生的小诗

靠深入骨髓的针钉，和时间的老去
蝴蝶获得了标本，塑像获得了不朽

我获得了你万千姿态，破败的和易碎的
在稍纵即逝的美中

粗糙的流年弄出了琴瑟细致的声响
一声断弦，两声如初

单向度的执拗，分裂的疯狂
我们共用一个整体，去点亮那些小灯

分辨那些光和遗落的阴影，有以及无
你是哪一个呢？我又在哪里呢

缘木求鱼的，穷猿奔林的……
熙来攘往，条条大道布满沧桑的光泽

那些用灵魂相恋相依的一生
赠予我们盛大的幸福，像一首刚刚诞生的小诗

原载《星星》2016 年 5 月上旬刊

# 头顶上的喜蛛

它悬在一根细细的丝上
从我的帽檐垂下
我一边走
它一边不停地摇晃
真担心它会被哪一阵风吹走
但它一直挂在我眼前
让我忐忑又高兴
听说它是幸运的象征
直到前面走着一个背着一堵重物的人
让我无法穿墙而行
我趔趄了一下,像后退的惯性
它也迅速收起蛛丝
原以为它会消失得无影无踪
直到后来我才发现
它原来一直安坐在我的头上
像一颗小小的火星
像一簇小小的梦
人们说,总有一天,幸运会光顾你的头顶

原载《作家》2020 年第 5 期

# 欢　聚

酒过三巡,他的话多了起来
他眼圈发红,开始试我给他买的新衣

我帮他扣第二颗纽扣的时候
他枯瘦的脸,老泪一下子纵横起来
头上的白发像一簇簇细小的手雷

她安静地站在一旁,像他一样
用手抹着脸上的水光

我冲着他笑了一会儿
又冲着她笑了一会儿

去见他们之前,我和他们一样
常常躲在有人和没人的地方
只有眼泪不会辜负想念和欢颜

但是,今天我们又要道别了

原载《诗刊》2017年10月号下半月刊

# 蔷 薇

我停下来，忍不住回头望着他

赤脚。蓬头垢面
破衣烂衫。像碎片
在寒风中的二月。他弯着腰
双手在道路栅栏的蔷薇丛中
反复折，一枝蔷薇

他青睐很久的蔷薇
那么美好又柔韧
是根深蒂固的蔷薇科，但也有根深蒂固的命运
但也不像他的想象
轻易就折出断裂的脆响
条蔓上，蔷薇的叶芽和刺回赠着他

他的心里开满了蔷薇花。他心满意足地离去
提着他的蛇皮袋
风中的白发，看起来和我父亲一样

在这个早春，我的两个老父亲

一个在等待手术
一个在病床上等待那一天的来临
人们身上都盛开着无数看不见的蔷薇花

  原载《红豆》2018年第8期，入选《2018年中国诗歌精选》（长江文艺出版社）

# 麻辣晚餐

我虚弱的肠胃,正在分吃今晚
最浓烈的
麻椒和辣子爆料煮熟的鸭子

每吃一口,都像面对一场战争
再吃,就像柔软之身不停地承受
暴力,再吃,就流下了眼泪
不断地吃下去
就是隐喻的荆棘鸟群
在挑战刺入胸中的不同荆棘

世界有它的烈性,我有一个人的弱小
薄暮正谨守着
西落和东升的秘密
世界无法说出的,都被我们咽了下去
或者恰好相反
一个人无法说出的,都被世界吞咽下去
像刀入刀鞘,鱼放生回水里

反之亦是 ——

当我们剥弃美和善的鳞片，世界便落下了星辰

原载《作家》2020 年第 5 期

# 鱼的眼泪

我刚把剪刀放在一条冻鱼的嘴唇上,
身高不及我下巴的女儿就喊:
哎哟妈妈 —— 开膛破肚疼死我了。

我刚把剪刀放在鱼翅上,
她又接着喊:水是鱼的眼泪,
妈妈,我游不回你身边了。

我刚把作料撒在鱼身上,
她又扮作鱼配音:哎哟妈妈,
别把盐撒在眼睛上,鱼的眼泪更咸了。

我刚把鸡蛋磕进餐盘里,
她就喊起来:
看来,我要游回金黄的宫殿了 ——

我双手颤抖,把鱼放进了油锅,
—— 哎哟妈妈,她喊:
我捂着滚烫的脸,要终结了!

我再也做不下去了,却无法停下来,
仿佛她每喊一声,
海水的眼泪就更汹涌,海就更咸了。

**原载《西部》2020 年第 3 期**

## 剖蚌取珠

她一点儿都不含糊,一双细白的手
从盆里捞起一只只黑蝶贝,扔在地上
然后抬起右脚,用力一碾 …… 再一碾

瞬间,一颗颗亮灿灿的珍珠照着夜市
被源源不绝地从卖珠人的手里
交到上帝手心,就这样一手交钱,一手交货
这么天经地义

似乎我们都已经忘了,就说这小小的黑蝶贝吧
—— 给它水,给它沙子
给它源源不绝的爱,再手起脚落给它无情的背叛
而它却亮给你珍珠,它向你交出了毕生的珠泪

—— 事实上我们交换的,也许只是
生命的悲愤,灵魂的珠玑

然而更多时候,除了珠子和珠子一样的东西
似乎我们什么都看不见,什么也不愿意看了

原载《诗刊》2013 年 12 月号上半月刊,入选《诗选刊》2013 年第 11—12 期、《2014 华文青年诗人奖获奖作品》(漓江出版社)、《山东诗人 60 家》(中国文联出版社)

# 悯

仅仅是活着,仅仅是改变贫穷
就已耗费了所有的力气
仅仅是困守,仅仅是忧伤和绝望
就已缠住了人的乾坤

可即使尘埃也用力地活着
怀抱里的小鹿和兔子,多么恓惶
哀愁落进深不见底的井里
像无声的叹息,可月光会再次将它拧干

我在你身上学会了爱所有的人
怜悯万物如同怜悯自己
从早晨到深夜,像疼痛爱上了苦难
并最终逃脱,我经历的你就不必了

阳光尝遍苦胆,迈动黄金的针脚
我愿终此一生和你一起做梦
完好如初的,就选作种子吧
破碎成齑的,就必然爆出浓烈的香气

渴死的水在找泉，头脑在寻找风暴
那葱郁而绽放着的一片又一片，你是
我便感到无限慰藉和幸福

**原载《西部》2020 年第 3 期**

## 惊初见

天的蓝和湖的蓝惊起彼此的涟漪
就这样面对面坐着
我们点起高高的烛光
树叶形的船帆
像人们继续远行时翻阅的经幡
除此，就是恒久的蓝
浸泡在夜晚辽阔的目光里
水轻轻地摇着波浪
蜜红的茶
从唇上小口啜着琥珀似的汁液
热气袅袅腾腾
翻转着碰撞杯壁的双手
怕一饮而尽
怕烛光一下子就烧灼了半边天
一个人无声地喊着另一个人
当天光落下羞红的盖头
我什么都不说，你也明白

原载《十月》2019年特刊

# 情 歌

没有一个比你更恒久,没有一个比你更动人心魄
没有一个比你懂我更胜过懂你自己
没有一个比我垂怜你胜过垂怜我自己

我从词里找到了你
从暗夜的灰里
微弱如孤星,有一瓢的光亮

我把魂儿还给你,云朵把眼泪还给
幸福和悲伤的大地
大海的风暴眼流动着尘世的安魂曲
你以雪峰为杖,以镜湖为心
挽我发亮的余生

多么好!你拥抱我以光芒
不以我草芥的身份,动物、植物或人兽的属性
像爱回爱了爱
像水回流到水
虚幻悬浮着虚幻,你以蓝金般的巨大苍穹
供我以梦为马,供我挥霍不朽

原载《山东文学》2016 年 10 月刊(上)

# 爱情 21 克

是不是还有一个怀抱值得我
为此一生一世，只开一扇玫瑰色的窗

即使我们像石头一样对坐
沉默，但一个眼神就足以风生水起

这一生抽刀断水太多，痛苦和抱怨太多
玫瑰在庭院开得妖娆而饕餮，我吻中了它的刺

彻骨的凉意忍着它，绝望之蕊沿每一个清晨复活
我亦步亦趋朝你俯身，不仅要生下一个孩子

还要生下另一座天堂，用来背叛、散场、孤独
也用来遗忘和呼唤，安放那些深情却迷惘的灯盏

即使用一生我也说不清，爱有多么困难就有多么美好
即使狂风抽起陨石击碎了我，爱依然是绝美的血之温泉

净重21克，这是上帝的约定

把它交给火吧，要释放司酒的火神
把它交给酒吧，调兑了魔鬼和天使的陈酿，请你封藏好我

原载《诗潮》2013年第6期，入选《诗选刊》2013年第8期、《诗刊》2013年12月号下半月刊、《2013中国年度诗歌》（漓江出版社）、《2013华文青年诗人奖获奖作品》（漓江出版社）

## 左手和右手相爱

就像左手和右手相爱,我们十指相扣
走在各自孤独的深处

而上天怜悯我们呵,赠予我们
一个天使的孩子,以此赎回
那个海枯石烂的约定 ——

你看到乌云之后的光芒
我的眼睛一直在找寻着那光
而脚却深深地陷在黑暗里

我还能再给你光吗?你懂我
就像我懂你
一个灵魂照耀着另一个灵魂

这些被上帝咬过的苹果
沉陷在自身的不圆满里,是否
内心还葆有一份火辣辣的爱

就像左手和右手相爱,我们十指相扣

一个灵魂找到了另一个灵魂

　　原载《绿风》2013 年第 4 期，入选《诗选刊》2013 年第 11—12 期，获 2014 年"中国第二届网络文学大奖赛"诗歌奖

# 三十厘米的爱

那么好吧,就让我们手拉着手
以三十厘米的距离,彼此凝视
两个人的深海,我们都不再是琥珀色的鱼
尽管岁月也剥不落此起彼伏的鱼尾纹
但我们还是这么干净、慈悲

可是,能让我们再靠近一点儿吗
以血液的温度,以含泪的濡沫
喂养,粗粝生活沙滩上那覆露的玫瑰、麋鹿、人群
那哀号的孤独,广袤却纤细的游光
如果,这是我爱你最好的距离……

但干枯的笑容呵,就像彼此坚硬的心
—— 这困住我们的:
这顾盼,却又悄悄逃离的 —— 禁忌

直到我们视而不见,就像左膀抱着右臂
独自在夜色的深渊,翻涌
最是缠绕在心尖上的那海水味的苦,般若波罗蜜般的甜
正一浪接着一浪,喊出爱的魂儿

原载《诗刊》2014 年 8 月号下半月刊,入选《2014 中国年度诗歌》(漓江出版社)

# 爱恋悠长而时光弥短

一次次道别,又一次次晚安
仁慈而残忍的神
安排了这场日与夜的念想

明天是一只巨翅的痴鸟
在火光冲天的荆棘花园里

你看不到我
附身万物低语的模样
我羞于说出,我无限敬畏的爱
无非是一个人的兵荒马乱,草长莺飞
在万物投身的镜像里

我看到什么,什么便是你
我悯爱什么,你便是什么
……这辽阔尘寰的赐赠
我仅仅是你不完整的那一点儿星辰

那一点儿柔软的,易碎的
易于消逝又易于永恒涕泣的一点儿

我们的那一点儿

原载《十月》2019 年特刊

# 即使燃烧也无法安慰爱情

你吮吸，我玫瑰色的孤独
这蜂巢盛满了蜜与毒

你啜饮我全身的风暴
在甜蜜和死亡交汇的峰顶
轻轻行走，欢快地滑行

以水品尝火
以沦陷旋转起飞升的烟雾
塞满这个世界的幸福和恐惧一样
我们无法控制的实在太多了
除了完全浸入，两具本身的发光体

像用灾难触及一场饥饿
每一条线索都牵出一条光线
我们通体发光，即使燃烧
也无法安慰
爱情建筑的避难所早已千疮百孔

是什么早已丧失了

玫瑰之于玫瑰的细流
而构成一纸依附，我们
假装扭动，假装水摇摆着火
把彼此推向高潮，推下悬崖

原载《十月》2019年特刊

# 永恒的幻象

仿佛有荆棘刺心，他偎在原处
只能远远打量
她就在那里。绕一树白玉兰转了一圈
又一圈，银质的花瓣随之回旋
在流淌的雾里，月光一样的
齿轮驱动着她，仿佛风的利齿
璀璨了一树香尘
她这样转下去的时候
仿佛每一圈都是一天，每一圈都是一生
沿着爱，在心中盘旋……
她一直在那里
假装看不清他
他是另一只痴鸟，胸口插着荆棘
为爱。更为美——
仿佛永恒的幻象，芬芳而遥不可及

原载《诗刊》2015 年 12 月号下半月刊

# 爱下去

爱那个优柔的人，也不要爱上决绝
一生败给流水，也不要誓不回头
一生那么短，能够说爱的人真的不多
去爱的人都那么卑贱
在软刀子下活着
昨天割破的，就用今天的茧子来缝合
还没有走的路，都会去向往
一生都在，不断地诀别
一生都在，向一个裂缝聚合
一生都在，向埋藏悲痛欲绝的墓穴
昂着高贵的头，落下尘埃里的脚
用一生爱
宽恕迎面而来的风暴和沙尘

原载《十月》2019 年特刊

# 亲爱的孩子

就让月亮和星星挂在幽蓝的墙上吧
我想给你几盏灯,亮在每天的屋顶
最黑的夜里,总有一盏能照耀辽阔的梦境
给你万卷诗书、钢琴、画笔、良美和宁静
它们都是奏响自己,闪闪发光的星星
再给你一扇蝴蝶形的窗子
带给你翅膀的远方,但请记住
破茧之前,一个人也有毛毛虫的前身
庄周用来梦蝶,大道御风
梁祝用爱化蝶,拼死飞向永恒
再给你小狗、小猫,米奇和一个童话王国的伙伴
即使这一生总是孤独永存
再给你盛美的衣橱,放梦的小床
给你公主的粉调,王子的蓝调
旷野的绿调、红调
一个物质时代的金调、灰调、黑调和白调
但我无法给你红木、紫楠、象牙、钻石
铺满金砖的地板,铺满银砖的通道
不可能,我说光——,光便来了
亲爱的孩子,你也一样

即使我给你的，也无非像树叶在时间里缓缓消失
除了一颗心，我什么都给不了你
除了你每天都像一张有所不同的白纸
只有路上的石头，从脚下发出恒久的回声

**原载《山东文学》2016 年 10 月刊（上）**

# 子不语

多年来,我爱过的繁花都芜杂起来
我越珍惜的却越就弄碎了

真惭愧,我的心里养着一座花园
也养着一块玻璃

蜜蜂们喜欢嗡叫着在花丛劳动
我越来越喜欢,沉默,这最好的语言

真怕摧毁了那些花儿
就像狂风一开口就打碎了珍藏的水晶

百万毛孔放养的工蜂正涌向花朵
领受烈日暴雨的宝藏,我知道

汗水正默默地改判着不同的脸
时光将把面庞镀成一座新的博物馆

当人们把这叫作隐忍
我把这命名为爱,香气的酵母

原载《作家》2019 年第 3 期,入选《诗选刊》2019 年第 5 期

## 这么洁净的一天是幸福的

幽兰就幽在这里,琴音就氤在这里
明亮的窗格里,镶满双手捧来的阳光

雾涛早已散去,我关上《1942》影片中的大饥饿
穿过那些烽烟与灾难并重的岁月

将明天的那只脚,叠在昨天的那条腿上
膝头端举的一部书里,半开半合是预示的生死

就让泛滥的风暴,亲吻看似静物的黄花吧
累,而满的第365天……在案前打着心满意足的盹儿

水虽然是凉的,茶却是要烫的
两颗红豆:一颗寄给乌乡的月亮,另一颗正寄在心上

暗香就养在这里,泪水就活在这里
这宁静、热腾腾的氧,这劳碌之后滚滚的金光呵

是苦艾滤净灰调的屋宇,漏下的星星的灯盏
亲爱的,这么洁净的一天是幸福的

原载《诗潮》2013 年第 6 期

## 当我向今天忏悔

日薄西山时,我又感到了这种流逝
如犯罪,我的一天才刚刚开始

我向红茶,果蔬和粮食道歉
向这一天的奖赏道歉

深感不安的人带回了披星戴月的
未读之书、未竟之爱和变幻莫测的河流

砍掉明天的荆棘,我愿孤独如灯
像我勤劳的父亲,开垦薄薄的田地

还有我温良的母亲,她日复一日
汲起落进深井里的水和反光

烟囱向天空描绘着人们的画卷
还有波浪卷不走的,大风吹不败的

所有的明天都是可数的
我愿是一个异数,解下挂在乌桕树上的头颅

原载《作家》2019 年第 3 期

# 只有爱寂静不死

这一夜琴声,变成了月光和流水
世事闪烁总不停地流失

只有爱寂静不死,蓝色的波涛交叠
涌向彼岸
这大海的泡沫,梦中的蝴蝶

万物奏鸣
孩子们在黑暗里演奏
绿袖子,虫儿飞,斯卡伯勒市场 ……

静谧,又汹涌
这向生的梯子
在积雪的反光里,一次次将我们摔向绝处

所幸,幼鹅的脖颈还弯曲着
鸣叫天空的波光
所幸,坟头开裂,蝴蝶飞处
每一小朵春天都长出了的花蕾

所幸，已没有所幸
你捧着一颗心来，我捧着一颗心去
即使转身是凋零，即使这一生终将毁灭

原载《四川文学》2016年第5期

# 辑五 万物闪耀

# 万物因你而闪耀

笑容已经稳妥,麦芒从麦穗上抽出
金色的光芒
大地的数字影院,万物闪耀

冲锋在前的总是一群咯咯欢笑的孩子
迎面走来的是一个怀孕的女人

露水从花瓣垂下昨日细碎的浪花
每天更迭的剧目和剧情
因你的到来,成为我不同的意义

万物因你,染上了所有迷恋的光泽
在每一次心跳的洋流
在灯光熄灭、时光飞逝的沼泽

万物因你而闪耀,此时万物是你
我因此张开双臂,成为
一朵想飞的花,一个奔跑的孩子

成为饱满的锋芒,成为所有

热烈和寂静,为之赴汤蹈火的理由

原载《诗刊》2017年10月号下半月刊,入选《诗刊》2017年12月号下半月刊、《2017山东诗歌年鉴》(中国文联出版社)

# 灵猫风暴

和困于墙角气息奄奄的流浪猫不同
和伏在胸脯上温驯妩媚的那只也截然相反

一只白色灵猫,蛊惑中带着天真
它旋转 —— 弓起身子
用脑袋紧追着自己的螺旋形尾巴,旋转

仿佛在不停地抽打着自己
它飞快地旋转着 ——
从葱茏的野草丛里,突然旋起一簇白色闪电

而后缓缓倾倒 ——
倾倒在它脑袋引领的熊熊火炬里
继而倏地跃起,冲向更远处的树林

用它剩余的野性,用所有信念的风暴
带动十亿匹光线,带动十亿里热风

在一个林花盛放的早晨
鞭笞着沿途的力量,旋动着一切未知的可能

一旦停止了它的蹄子,万物即陷入了虚空

**原载《诗刊》2014 年 8 月号下半月刊**

## 青花瓷

一笑一颦，举手投足
它摆动着一个时代雅致细腻的肌纹
淬火后的梦，栖落在熟透的旗裙里

缓慢的老唱片、秒杀的加速度，与它格格不入
更无缘戏说，暗红或淫绿的折子戏、鸳鸯浴
但，是谁将它悬放在危险和寂寞的边缘

它只是一身青花，虽然它不高贵
但也绝非低俗，它自成一种极致
美得遗世独立：如品质，也宛如格局

捧在君子的掌心，若隐若现的光
轻轻碰响最隐秘的弦，你细抚吧
它是碎去的瓷 —— 高山流水滑落的珠玑

甚至有一个瞬间，它悄然滑落在你的湖心
像女儿，或恋人，还有那么一点点若你
投映在幽亮碧青的旷古宝镜里……

原载《绿风》2011年第4期

# 干净的事物

雪水把道路洗得更亮了
即使黑亮的深处也浸染了雪的白

偶尔还有背阴的雪让道路打滑
狂风无非让路边的狗尾巴草
弯了弯细细的脖颈
毛茸茸的脑袋还齐刷刷晃在大地上

一只灰雀闪电般掠过十字路
它不是乌鸦,不是秃鹫
不为食肉和稻粱逐鹿天地
它的出现像一个神迹

雪花落净之后,一场春天
干净的花事就要真的炸裂了

*原载《作家》2019 年第 3 期,入选《诗选刊》2019 年第 5 期*

## 醒来的事物

光早已等在这里了,黎明的波动
一波波把我喊醒
天空和鸟鸣,喷香的味道
把天性还给我们
洗一场透彻的清水澡
谁还在露台吹奏一曲清悠的长笛
剪草机轰隆隆地割掉多余的
人们各行其道
我在靠近边缘的一侧看见
未名人的塑像
在一半阴影和一半阳光的交界处
一副低头思忖未来的样子
一群鸟正从黑夜裂出的光亮里飞出

原载《诗潮》2021年第6期

# 晨间事物

当我睁开眼睛，对着你呢喃
仿佛花朵捧着蜜
蜜蜂把蜜缓缓注入人间的痛穴

是啊，我说到了一颗心
无法说出的
就被沉默打住，一只瓢虫
正蛰伏在蚜虫的翅膀中间
光的影子
落在树叶的背上

再低矮的屋角，都被阳光照着

这一切，都让一滴露珠
清澈的神明，看到了
它看到了，就流下了眼泪

原载《作家》2020 年第 5 期

## 傍晚的画

傍晚的湖,因生了水汽
打湿了我徒生的美意或相思

蓝渺渺的天因活泼的云朵
让落日烧作满天镉橙

我惊讶于天空的手
挥着狼毫、夜蝉或者羊毛刷
教会了和湖水一样的心灵
在这个流变的世界
晕染、丝毛、拓印、飞白和叠色

你也是在画里的,一个人的灵魂
从高级灰里
透出气来,忘情忘我地呼吸

当突然的雪给越来越暗的世界
动用了敲击和撒盐法
你必得在命运陡生的波纹里
破色,留白

在近处，铺画远景的天空

这样的一个世界和它的倒影
恰如我和你，和你们
对峙或相融的一个微妙整体
你的黑天鹅号凛冽地起程了
我的丁酮玫瑰也灯光似的晕开

原载《作家》2019 年第 3 期，入选《诗选刊》2019 年第 5 期

# 植物气息

日影从林中轻移,蜀葵开了
玫红、青绿,和钴蓝的天
交混着芬芳的气息

引得我停住了脚步
被深深吸引的还有一群蚂蚁
它们慢慢翻爬
在蜀葵手掌形的宽阔叶片上

光线,若有若无的
罩在万物头顶

楸树也举着小米一样的花
开着,一粒粒簇拥着
团在一起,就不要分开了

这混合着魂和魂的呼吸
毫无间隙,把小路上行走着的
被挤压的生灵,一点点泡软了泡化了

原载《诗潮》2021 年第 6 期

# 风中的海棠

春风疯狂的时候，我看到
初绽的海棠，在疯狂的风中
提着花蕾的灯笼，疯狂地摇曳
一朵朵海棠紧紧抱住自己的火焰
风越猛，花朵的火之舞就越热烈
这些初绽的海棠
没有一朵甘心坠下花枝
即使开败了，也在飘落的瞬间
跳着舞，优雅地飘落
即使落到地上，也紧随疯狂的风
在大地上滚荡，成泥
葬在花树下——
我被这些柔软的精灵震撼着
后来，我还看到风中的油菜花
每一朵都灿若金灯
蜜蜂在花丛辛勤又执着
还有那些画中的花朵
也把花开成了灯盏的样子
挑在又挺又直的花茎上
是啊，所有的花朵

无论向上还是向下
都把自己开成了灯，在疯狂的风中

**原载《青岛文学》2021 年第 10 期**

# 玫瑰，玫瑰

光泽和刺，爱和伤害

玫瑰和玫瑰对坐在水和火里

望眼欲穿的影，在岸与岸之间

左右摇摆，像红鲤

吐出细节，风骨，情调和香气

冷冷艳艳的花瓣反复幻化

这小人儿，这死不悔改的

泡泡雨、蜜蜜意，你吹吧你调吧

如果疼痛再尖锐一尺

如果幸福再明亮一圈

如果献祭扩大成一个圆

那么我拔出前世的刺种进你的根里

那么你爱上我，是必然的

这玫瑰和玫瑰的宿敌，必然短兵相接

这零落的果子，这蛇

原载《诗刊》2009 年 2 月号下半月刊，入选《诗选刊》2010 年第 2 期

## 最美的样子

那时候，我以为最美的样子
诸如晨间桃花灼灼
草叶上露珠在亮光里摇曳
太阳的加持让万物生发

后来我又感到
即使黄昏和阴雨，也无法阻止花开
即使总有事物遮挡住它们
也不影响万物的光华

直到我看到一把枯骨
成为生命的勋章
筋疲力尽的人获得了
磐石的坚忍，上善若水的柔美

是短暂，顺应了自然的一生
是恒久的爱，缭绕心间
让我们对所有的爱都缓缓释手

原载《青岛文学》2021 年第 10 期

# 开在香山顶上的花朵

牡丹谢了，芍药已经娉婷起花蕾
山顶上总有一朵花在等你

你可以唤它香槐，蔷薇，紫云英
还可以叫它马兰，玫瑰，香草
在高于尘世的山顶上
它只管自顾自地开给你看，香给你识
仿佛流水之于高山
在山脊上喘吁吁地发着光
不管你有没有到来
不管你看没看它一眼
一种动人的美和一股迫人的力量覆在山顶上
压着滚石
——让我们无法坠落

——我们都是滚石
在生活的雨雪和风暴中
滚落，又被不断推升
向一座开在高处的花园
冒着汗水和泪花的香气，不停地攀登

而等你的花儿高耸在香气叠高的山上
以一朵蕾的模样
等待，奔向高处的人们
像轻雷呼唤着闪电
在高处，唤出一个接力着一个含香的人

**原载《时代文学》2019年第4期**

# 蝴 蝶

—— 成千上万，它们在我面前翩舞
每一只蝴蝶都有一个不死的灵魂

是庄周化成的那个
是坟头开裂，脱胎换骨的那个
是一振翅膀就能引发亚马孙风暴的那个

紫玫瑰凤蝶带着新几内亚的神秘雾气
和玫瑰花般的隐喻
多尾凤蛾带着维多利亚时代的流行美学
它有多艳丽就有多毒
多涡蛱蝶带着浑身的风暴眼

蝴蝶停在我的发辫、手机
抑或衣扣、手指，甚至小腹间
每一只蝴蝶都在寻找吸附它的灵魂……

但似乎又都不是
这破茧而出的毛毛虫儿
人们赋予了这小小生灵所能构想的蝴蝶效应

它的前世是生
它的后世是更行更远更生

原载《扬子江诗刊》2020 年第 1 期

# 珍珠树

我遇见过一棵珍珠树,树上结满了光
它的光,像反光,像光源
像门前的柿子,土里的黄金
每一粒,我都叫它珍珠

珍珠里含着沙子,眼泪
像你路过的每一个有故事的人
翻涌着一朵盐似的浪花

它的根像老榕树垂下来的无数胡子
它的疼痛和幸福结满了
光闪闪的珠子,吸纳着阳光
地气和来来往往的风

只要你愿意,就可以把它认作
苹果树,银杏树,山楂树
或者树下一个玩耍的孩子
山中的一位老人,马路上的一位过客

原载《扬子江诗刊》2021 年第 6 期

# 这个秋天

这个秋天，秋水没有流泻
云朵从窗外调出丝竹、绸缎和锦帛
流转所有情节，仿佛地上的滚珠
所及之处，漫散着黄金
抑扬顿挫的起伏，这尘世的巨幅动漫
适合一个人朗读——
在高天和靛蓝构建的小屋
略带抒情，由远及近的
也终是缘于怀念故土的宽厚
木叶们纷扬着放弃绿处的生活
她们落地无声呢，寂静也妖娆呵
一场辽阔的隐身术
潜藏起蚊蝇、黑暗和肮脏的杀机
替作世态剧里的一朵羽毛
且轻且柔，好比淹没你时的雪

原载《诗刊》2009 年 2 月号下半月刊，入选《诗选刊》2010 年第 2 期

# 青弋江

我在青弋江的浮桥上徘徊
星空寂寂,江水汤汤
水光倒映着两岸的烧烤店,碧翠庵和旅馆

岸上一个世界,水中是同一个世界
灯光闪耀着近处的亭台楼阁
远方渐隐在黑暗模糊的轮廓里
只有夜鱼偶尔弄起窸窣的响动
转瞬就消隐着沉寂下去

我不知道这条江和另一条江有什么区别
这水中的世界和水外的世界有什么关联

当我融入其中
古老的忧伤变成了手中的烟圈
我在这里思念着什么
喧哗和寂静交汇在这里,这流淌的波澜

如果沿着它流淌下去
除了青蛙热烈鼓叫的力量

除了石头倾听它默不作声地流去
一点灯火在远处闪了一下，很快就像人一样消失了
只有江上的那轮月亮，仿佛一味圆满的药丸

原载《诗刊》2017年4月号下半月刊

## 午夜的钢琴

午夜大厅的钢琴，闭眼醒目在幽蓝的湖心
安静的湖水，冲刷着黑白琴键，尚从指尖奏演的昨日

每一个音符都在上升，在空气的混合液里
哦，那些沉淀的、滑坠的 ——

仿佛雷雨痛击着软草的、淤泥的心灵
它要发出钢琴的奏鸣，从日常炼金术里

这艘泰坦尼克号上结晶的，好日子、坏脾气
哦，海洋之心的沉船事件！在尘世生活的百慕大

有呛人的厨房味儿。白裙子、黑风衣，从轻灵
踩出了沉缓、凌厉的和音……其间的钢琴一直战栗着

矛盾论、动力学、沉沦学、螺旋上升说，水面倒映着
短暂的星宿，从四面楚歌，"要到阳春白雪上去啊"

现在……这沉默的钢琴！落在光和影的夹角里
浪漫主义的五线谱，收进了满面尘灰烟火色的无音区

原载《山东文学》2012 年第 2 期，入选《诗选刊》2013 年第 2 期、《2013 华文青年诗人奖获奖作品》（漓江出版社）

## 走失的眼镜

一副眼镜已经很老了
它目力模糊,视窗混浊不堪
今晚它竟神秘地走失了

我找了它很久,从书房到厨房到洗手间
从钢琴到大床到我走动的地方

它和我一样,有老年性痴呆的症候
常常想躲到谁也找不到的地方发呆
散乱地陷入天空和大海的深处

不错。万物都有它的局限

你看见它时,它是你
熟视无睹却无法分割的一部分
你看不见它时,它自有一场寂静的风暴
和万物浑然一体。只是它

一刻也不停地在透视你

## 干花物语

我不经意动了它们一下，花瓣簌簌作响
飘落而下，让我惊讶
原以为它们早已死去
当它们被制成干花，拥有被限定的命途
可我错了，它们依旧鲜活如尘
所有的不同——
无非是它们无声的细语
恰好从失色的朱唇，被时间说出
皱裂的肢体却因为被抽走多余的水分
而精神轻逸
这让我欣慰，它们是更鲜活的部分
它们也还将碎成齑粉
春泥，或者成为我们的手
握不住的一缕岚烟
它们如此幻化着形影和物态
它们最终也将幻化成人形
始终紧握着属于我们的
那一点儿灵魂，那不死的火焰

原载《青岛文学》2021 年第 10 期

# 草　莓

但还是发生了，只此一夜
昨日草莓，它们少女般洁艳的身体
就覆没在白蒙蒙的雪雾里
——准确地说，是覆没在毛茸茸的菌群里
暗淡、酸腐，一摊殷殷红液
透过包裹的白色袋状物，渗到地板上
像伤逝者之血，更像是酒
——为什么不能像是酒呢
就是昨天，我还忍不住用嘴唇享用它们
用牙齿伤害它们——就像在受用
在受用一场爱情，那娇艳欲滴的神话
我还没用尽它呢，就已血泪横流了
酸辛与甘苦并蒂，幸运与危机并生
就像绕梁三尺不等气尽，就羽化成酒
可饮可品，却不可饕餮不可亵渎
足以让人用一生去回味，来憧憬
——这易腐之物，我怜惜它
速朽不过如此——浩荡无常的菌芽随时都会
以不动声色之势，消解这形如草莓的鲜灵之物
占据它，鲜美它，继而是衰亡……

但（菌芽）并未到此为止，它（草莓）也不会因此而消失
这让你将尽未尽，就像我也是其中之一

*原载《诗刊》2014年8月号下半月刊*

# 火 牙

吻它不行，咬它不行
酸的甜的不行，冷的暖的也不妥
这溃败的牙床，这无法安乐的神经
火，给了它最强力的灶社

一颗无法抚慰的坚硬之心
只和柔软的疼，深入骨骼地恋着
与一条清风入户枢的小径，连着
它人面桃花，口含薄荷

它轻启的梦想，无关日啖荔枝
无关朱门酒肉，无关硌响银牙的袁大头
可它无法摆脱，一只珠贝翻滚着大海的诱惑
它承迎着，打碎牙齿只能咽到肚子里的苦痛

相比让人彻夜难眠的房贷
相比日常翻飞的鸡零狗碎
它是令人快乐的，像一只隐喻的蝴蝶
在花事荼蘼的下午，给我尚还活着的痛与美

我不想让医生去做掉它,这尚咀嚼着的尘世
它只是,这些燃烧的焰火中一小簇特立独行的火

原载《诗刊》2014 年 8 月号下半月刊

# 细　雪

怎么都遮不住，即使遮住了
也会卷土重来，它们总是混杂着时光
仿佛不可遏制的浪潮，银亮的簪子
那么悄无声息，若隐若现
就别在了头上，摊在月亮睡去的夜晚
比月光还白还长，比银针还细
灸人地吞噬着睡眠
我用手轻轻拢过它们，一遍又一遍梳理着
这些凋敝的丝瀑，即使保真养晦
它们依旧如刺眼的光芒，一味地白着
那么杂乱，缠绕着内心的屈辱和露水
它们也曾和我的青春一起黑过
那种黑，远不是路途
突然降临的盛大黑暗
它们一丝一缕、一丛一簇，舍利子一样生发
在命运深处，在荒芜的头顶
倾倒过美人，倾倒过城池
却没有倾倒危险的风声，未来的墓碑
它们驻扎在一面镜子里
在一些简单，却举步艰难的时日

一日日，被映照成细雪
飞扬着，赶来爱我，蚀骨

  原载《诗刊》2015 年 2 月号上半月刊，入选《2015 年山东诗歌年鉴》（中国文联出版社）

# 纸　杯

它代替最后一只破碎的玻璃杯子
延续维持着我，日复一日活下去的水分

纸质的杯具，满溢着诗行一样的
慈悲、痛楚、爱和良善
缓缓注入我的身体，洗涤着心跳，声音
丰饶，那些暗香浮动的黄昏

但纸质的杯底，却缓缓泄露了一个世界
那些水一样，已被命名
和尚未命名的流体，在光阴之外
那些因消逝，而获得的美

在塑造与毁灭之间，纸杯构成了水的面具

而红荷一样亭立的事物，正从杯体的壁画上
探出无限辽阔，仿佛耸向高天的教堂

但我知道烂泥的生活，它依旧沉在低微处
垂怜般发酵着

死去的骨髓、泥沙和浮沫,作为另一种滋养
我的嘴唇正缓缓啜入杯底

  原载《四川文学》2016年第5期,入选《山东诗人60家》(中国文联出版社)

# 荡　漾

湖边的一个小女孩正高声诵读

她一边读着《一个善举》

一边向湖里投一枚石子

她每读一页

湖里的波纹就向四周扩大一圈

就像香樟树的影子落进湖里

不，就像香樟树的香气

不，香樟树不会出现在这里

是垂柳代替了香樟树的香

把树冠一样荡漾的绿

送到了湖心，一圈又一圈

湖面上回荡着一圈又一圈不断扩大的波纹

她说，善良的力量

就是石子投入水中向外扩散的波纹

原载《江南诗》2017年第3期

# 飞 行

## 1

飞机收起电子屏，我收起危险的心
巨大的银翅，从窗口深入胸口和双脚齐平
一个人要吐出吞咽下去的苦水
扶住就要倒下去的影子
飞机要除去黑夜和寒冷相遇时
自身凝结的冰霜
冰雾升起，如同暗影消退
这人间大地在脚下
摇晃 —— 后退 —— 颤抖 ——

无须大呼救命，绝望之词隐在救生浮物之中
把所有一切，再爱一遍就可以死了
事实上，我们飞行在云层里
身如浮云，持久的轰鸣交响着
把我们静置，在浓雾的上层

## 2

看见皎月，悬在雾层之上辽阔的蓝里

看见看不见的村庄，城市，山峰
埋在云雾之下的大地

在茫茫大气里穿行
一个人的声音像鸟语
气流像伟大的演奏家
创造轰轰烈烈的摩擦，轰然的寂静

飞机倾了一下翅膀，我看见了雪
惊叫的雪，流变的雪
笼在所有事物的尖顶上

3

只有在天上，才能和月亮并肩
天空说着和大海的悄悄话

身边翻涌的海，是凝固的雪
哦不。无非是一层人们头顶上的烟云
保持着你和我
冲入云端的想象和力量

4

幻象消失的时候，飞机飞行在黑暗之中
离开了万家灯火，连想象都是黑色的

黑暗中，我们是另一种黑暗
我们看不清彼此，因为看不清自己

似乎总有一种解脱来破狱黑色的囚禁
似乎总有一种宗教送来虚幻的怀抱

## 5

微弱的灯光落在机舱里
有人游戏
有人叠飞机
有人耳鸣，有人沉睡已经很久了

灯光落在这儿，只有手的影子
反复变幻着天空
投落在大地的阴影
但我需要一支笔，去兑换
从零下5摄氏度飞向20摄氏度
飞行，在想象之上
灵魂之上
天空的海洋，空的海洋
需要你，给我一个肩膀

## 6

但风推翻了所有的想象

灵魂寄居的躯壳是永不止息的飞行器

偶尔有光的闪电划过机翼
我知道那是它自身的光,照着它飞行

落地的时候,我们回到
心生厌倦的地方,也是心生安慰的地方
心依旧是飞不出茧的蝶壳

## 7

我看到你的时候
我什么也看不见了

后来我看到了整个世界

## 8

请别打碎了这海一样的梦:美和雪
是另一种真理
天空给了我这么多的棉花糖
让人不再想到死,不再想到生不如死

云的虚幻外衣:尘埃的集居中心
水和水相恋的炊烟
泪和痛的源

—— 这是离开地面一万米的漂浮物
只有子弹是真实的
我伸出双手,领受这一切赐予
以心痛饮,这交错而迷人的芬芳

## 9

你看到的不是我,就像
我看到的也不是你,就像
生的高处,罩着一个五十立方厘米的盒子
我们低头生活
各自悲喜,无关离合
星辰以升起的姿势,陨落
所以灰烬是完美的,我们露出了真面目

## 10

孤独,完整又美好

你是我一直舍不得吃的泡泡糖
稍稍打开,又赶紧包好
后来便独自化了

是的,后来我看到了整个世界

*原载《扬子江诗刊》2018 年第 1 期*

图书在版编目（CIP）数据

在光的诞生之地／田暖著．—济南：山东文艺出版社，2021.12

ISBN 978-7-5329-6477-2

Ⅰ.①在… Ⅱ.①田… Ⅲ.①诗集—中国—当代 Ⅳ.①I227

中国版本图书馆 CIP 数据核字（2021）第 264727 号

## 在光的诞生之地
田 暖 著

| 主管单位 | 山东出版传媒股份有限公司 |
|---|---|
| 出版发行 | 山东文艺出版社 |
| 社　　址 | 山东省济南市英雄山路 189 号 |
| 邮　　编 | 250002 |
| 网　　址 | www.sdwypress.com |

| 读者服务 | 0531-82098776（总编室） |
|---|---|
|  | 0531-82098775（市场营销部） |
| 电子邮箱 | sdwy@sdpress.com.cn |

| 印　　刷 | 山东临沂新华印刷物流集团有限责任公司 |
|---|---|
| 开　　本 | 650 毫米×960 毫米　1/16 |
| 印　　张 | 14.25 |
| 字　　数 | 160 千 |
| 版　　次 | 2021 年 12 月第 1 版 |
| 印　　次 | 2021 年 12 月第 1 次印刷 |
| 书　　号 | ISBN 978-7-5329-6477-2 |
| 定　　价 | 49.00 元 |

版权专有，侵权必究。如有图书质量问题，请与出版社联系调换。